Concours ADELI de la meilleure nouvelle d'anticipation

sur l'intelligence artificielle

Édition 2022

Concours ADELI
de la meilleure nouvelle d'anticipation
sur l'intelligence artificielle
Édition 2022

Texte des 16 nouvelles sélectionnées dans le cadre du concours ADELI 2022

Cet ouvrage est une publication d'ADELI

Diffusée auprès de ses adhérents

ADELI
87, rue Bobillot
75013 Paris – France
espaces-numeriques.org

Dépôt légal 2023
ISBN 978-2-9517899-5-1

Préface - Françoise Camus

Cette année encore vous avez été fort nombreux à participer à notre concours littéraire, ce qui nous a ravis.

Ce qui hier était science-fiction aujourd'hui est réalité. Qu'en sera-t-il demain ?

Les signes du changement dont nous (re)trouvons les traces dans les seize nouvelles qui vous sont présentées sont-ils prémonitoires ou simples utopies ?

Les deux points de vue peuvent être analysés.

Les textes proposés offrent une assez grande diversité de motifs, d'écriture, de personnalité, d'agencement.

Certains sont troublants, d'autres inquiétants ou encore surnaturels. Ces esquisses du futur peuvent déstabiliser l'ordre du monde par leur caractère irrationnel.

Comment réagir en constatant que notre mère, notre amoureux ou encore un artiste est un robot ?

Des situations invraisemblables ont été vécues avec intensité, fantaisie, humour ou poésie.

Tel un funambule, vous avez livré votre exploration personnelle du domaine de l'éventuel. Et puis, il a fallu trancher, décider qui sera le lauréat.

Le jury à l'unanimité a désigné François Vanglabeke avec « Ars gratia artis ».

La magnifique couverture a été réalisée par Adrien Thévenin, lauréat de notre premier concours d'illustration.

Nous vous souhaitons autant de plaisir à découvrir ces récits que nous en avons eu.

Bonne lecture !

Merci à tous de votre participation
et bravo !

Rendez-vous est pris pour 2023

*L'ordre des nouvelles ne correspond pas
à un classement hiérarchique,
mais à un choix éditorial
afin de varier les genres et l'univers.*

Ars gratia artis - François Vanglabeke

Salvator lut le carton d'invitation pour la quinzième fois, butant à nouveau sur les mots « vernissage » et « artiste ». Il avait décliné toutes les invitations précédentes, comptant sur son agent et ses amis pour lui faire des comptes rendus détaillés de ce qu'il considérait alors comme des mascarades.

Des IA capables de produire de l'art ?

L'idée l'avait beaucoup amusé. Puis intrigué. Puis, avouons-le, inquiété. Inquiété au point qu'il se documente sur le sujet, qu'il se fasse présenter à des chercheurs, qu'il discute avec eux. La célébrité avait de nombreux inconvénients, mais elle ouvrait aussi des portes, alors autant en profiter. Ce qu'il avait entendu confirmait ce qu'il craignait, puis les premières œuvres artificielles dignes de ce nom avaient vu le jour.

On avait alors inventé tout un vocabulaire pour ça. Réalisme disjonctif, art disruptif, création synthétique... Les mots ne manquaient pas, l'argent non plus : les GAFA étaient là où on ne les attendait pas, et les moyens colossaux dont ils disposaient avaient accouché de créatures immatérielles, puisant leur référentiel esthétique dans le web, se nourrissant des expériences, des travers et du savoir humain ; produisant des objets curieux, étonnants, dérangeants.

« Émogène », selon le néologisme d'un célèbre critique d'art : qui suscite l'émotion. Car c'est bien de ça dont il s'agissait : si la fonction de l'art était de susciter l'émotion, quelle était finalement celle de l'artiste, s'il pouvait être remplacé par une machine ?

La situation était inédite, même si les critiques, au début, avaient été les mêmes que celles exprimées lors de l'invention de la photographie. Dans ce cas, il y avait toujours un artiste derrière la machine. Mais les réseaux antagonistes génératifs, les premiers systèmes capables de produire de l'art, avaient cédé leur place aux modèles de diffusion, qui, couplés aux puissants algorithmes de langage, étaient devenus quasiment autonomes.

Salvator avait écouté, quelques années avant, un spécialiste parler du rapport entre l'homme, les machines et la guerre, et notamment la participation des IA à l'action guerrière. Il était arrivé à la conclusion glaçante que la guerre était une activité exclusivement humaine et que le jour où des robots s'affronteraient entre eux, l'intérêt pour les combats fondrait comme neige au soleil. « Comme pour l'art » avait-il alors songé. Il s'était trompé. Les IA avaient maintenant investi un champ qui semblait intouchable quelque temps avant, et qui en plus était l'apanage de Salvator - l'art abstrait. Dans ce cas, le référentiel devenait plus difficile à manier et les algorithmes de reconnaissance d'image, presque inutiles.

Salvator soupçonnait la machine de faire des pastiches de ce qui existait déjà.

Quelques jours avant, son agent l'avait prévenu qu'un happening aurait lieu pendant le vernissage. « L'artiste sera présent, lui avait-elle dit en souriant. Quelques personnalités pourront lui demander de peindre le sujet de leur choix, en direct. » Salvator n'avait pas réagi, attendant la suite. « Tu veux en être ? » Il lui avait demandé un délai de réflexion. Ce jour-là, il donna congé à ses assistants, ferma l'atelier et alla marcher dans le parc. Il regardait autour de lui, la composition harmonieuse des allées, des plans d'eau, des arbres. « Vers quelle représentation de la réalité allons-nous ? Et vers quelle abstraction de cette même réalité ? » songea-t-il. Il prit brutalement conscience qu'il faisait peut-être partie de la dernière génération d'artistes qui n'avaient eu, pour concurrents, que des membres de leur propre espèce. Mais l'IA était en train de changer cela - en réalité, elle l'avait déjà fait. Sa décision était prise.

Le vernissage avait lieu dans la New Art Factory. Chaque invité n'avait droit qu'à un « plus un », il était donc venu avec Ethan. Clémence, son agent, était également invitée. Ils avaient déambulé tous les trois, saluant et discutant parfois avec des connaissances.

Salvator avait même pu parler plusieurs minutes avec Paul, un artiste que normalement il ne supportait pas, preuve que cette révolution pouvait rapprocher les opposés. Au fur et à mesure qu'ils avançaient, il se rendit compte que quelque chose se dégageait de ces œuvres.

Oui, les formes et les couleurs se valaient pour elles-mêmes. Oui, même les compositions les plus convenues prenaient du sens, par tel ou tel détail. Il se surprit à employer des mots comme « audacieux » ou « surprenant » pour décrire à ses amis ce qu'il avait sous les yeux ; mais ce fut quand un des tableaux le laissa sans voix qu'il sût que son métier avait été irrémédiablement et profondément bouleversé, tout comme lui d'ailleurs.

Puis vint le moment du happening. Ils se retrouvèrent dans une grande pièce blanche, au milieu de laquelle était posé un trépied entouré d'un cadre métallique sur lequel une dizaine de tiges articulées terminées par des aérographes, d'aspect fragile, étaient fixées. D'autres tiges, qui partaient de la partie supérieure du cadre, s'incurvaient pour pointer sur la toile. Salvator supposa qu'il s'agissait de caméras miniatures. Un pupitre équipé d'un micro se trouvait quelques mètres devant l'installation, et y faisait face.

Le directeur de la galerie fit un petit discours, puis céda la parole à un homme d'une cinquantaine d'années, inconnu du milieu de l'art, qui expliqua, très à l'aise, les modalités pour communiquer avec l'IA Il s'agissait de se tenir devant le pupitre et de dire le plus simplement possible ce que l'on attendait.

La première demande fut un portrait. C'était un jeune artiste, touche-à-tout et très enthousiaste, qui commençait à percer dans le domaine de la peinture après des incursions dans la photographie et la sculpture ; Salvator n'aimait pas ce qu'il faisait, mais il trouvait le personnage intéressant et ne pouvait que saluer son travail. Le jeune homme avait posé une contrainte : « un portrait de moi, original » avait-il demandé. Si l'exécution avait été étonnante de rapidité, les aérographes s'agitant de concert à une vitesse ahurissante, sans jamais se gêner les uns et les autres, le tout sans autre bruit que celui des roulements qui glissaient sur les rails, le résultat, lui, avait été à la hauteur des attentes, et avait surpris toute l'assemblée. L'IA l'avait représenté selon ce qu'elle avait trouvé sur le Web, probablement en quelques millisecondes. On le voyait tel un Shiva des temps modernes, tenant une guitare, un téléphone, un appareil photo, un pinceau, un couteau à sculpter et d'autres outils dans ses multiples mains.

Puis ce fut le tour de Salvator. Il s'approcha du pupitre et regarda l'installation, devant lui. La toile avait été retirée par des techniciens. Une nouvelle l'avait remplacée, plus grande. Il s'éclaircit la voix, prit une petite inspiration, et souffla : « Peins ce que tu ressens. »

Salvator n'avait pas voulu mettre l'IA en échec, en tout cas pas de façon consciente. Quelque part, il avait vraiment souhaité qu'elle puisse relever le défi. Alors que plus rien ne bougeait, il retenait sa respiration. Puis un bras commença à glisser sur le cadre, posant un grand aplat jaune pâle sur le haut de la toile. Un deuxième se mit en mouvement, puis un troisième. Enfin, tous participèrent. La production du tableau prit quelques minutes de plus que pour le portrait, mais elles en valaient la peine. Des couleurs vives côtoyaient de plus sombres et les gris du doute et de l'indécision se disputaient aux jaunes éclatants de la révélation. Les formes étaient à l'avenant : les angles aigus de la pression ; les lignes de la certitude ; la rondeur organique de la plénitude.

Salvator était sous le choc. Ethan vint le chercher et le guida jusqu'à l'assistance. Il lui murmura quelque chose qu'il n'entendit pas. Il reprit ses esprits quand le tableau fut retiré, remplacé par une toile plus petite.

Une jeune femme en robe de soirée noire s'avança alors. « Mais d'où sortent tous ces jeunes ? » pensa Salvator, avant de se rendre compte qu'elle tenait une petite fille par la main. Il la reconnut alors : Claudia Achen, la fondatrice du collectif bitPixCode, un groupe d'artistes dont les travaux se basaient essentiellement sur des algorithmes. Parmi toutes les réputations qu'on lui prêtait, celle de venir aux expos toujours accompagnée de sa fille de six ans était vraie. Claudia prit la petite dans ses bras pour qu'elle soit à la hauteur du micro, et lui fit un signe de la tête. La voix enfantine résonna dans la pièce. « S'il vous plaît, monsieur, fit-elle. S'il vous plaît... dessine-moi une IA »

Un silence absolu accueillit la demande. Inexplicablement, Salvator sentit son cœur s'accélérer. De longues minutes s'écoulèrent sans un bruit, au bout desquelles l'homme qui avait présenté l'IA consulta son smartphone et alla murmurer quelques mots à l'oreille du directeur, qui prit la parole : « Mesdames et messieurs, c'est terminé. Je vous invite à me suivre pour prendre un rafraîchissement. »

Claudia Achen se dirigea vers la sortie, tenant toujours sa fille dans ses bras. Avant qu'elles ne quittent la pièce, Salvator eut tout juste le temps de les entendre.

« J'ai cassé la machine, maman ?

— Non, tu n'as rien cassé du tout, ma chérie. Au contraire. »

Une IA pour copilote - Constantin Louvain

Voulez-vous connaître un cauchemar de pilote de long courrier ?

J'avais repris en location la ligne Proxima-Antarès avec un vaisseau d'occasion qui datait de la seconde expansion, doté pour navigatrice d'une intelligence artificielle qui se nommait Barbara. Enfin... quand je dis intelligence, j'exagère un peu. Barbara ne me paraissait pas si futée que cela. Question mathématique, astronavigation et physique, rien à redire... Quoique... Je vais me montrer plus explicite. Je ne reprochais rien à Barbara pour la physique... Pour le physique, en revanche...

Mon prédécesseur devait être un geek de première, un spécialiste dans la programmation des IA, ainsi qu'un obsédé sexuel hors norme. De ce fait, ma navigatrice apparaissait sous la forme d'un hologramme qui représentait une jeune femme d'une trentaine d'années, aux formes voluptueuses et souvent court-vêtue...

« De quoi vous plaignez-vous ? » me demanderez-vous.

Je vous l'explique. Les vaisseaux de la seconde expansion en étaient encore réduits à effectuer des dizaines de sauts quantiques macroscopiques pour atteindre leur destination, et chacun d'eux exigeait du pilote une extrême attention pour éviter de se trouver attiré dans le champ de gravitation d'un astéroïde ou d'une planète.

Or, j'éprouve quelques difficultés à me concentrer quand une blonde en bikini succinct me murmure à l'oreille d'une voix sensuelle « Enclenche le manche, chéri ! » ou d'autres suggestions du même tonneau. Après avoir frôlé l'accident à six reprises, j'ai tenté de remédier à cette situation scabreuse.

Pas question que je me lance dans une reprogrammation de l'aspect de Barbara. Je n'aurais pas su par où commencer. Je ne pouvais pas non plus me payer les services d'un spécialiste. Mon activité de coursier intergalactique me permettait de vivre chichement, sans plus. J'ai donc essayé d'expliquer mes vues à Barbara et de la persuader de limiter son exubérance vestimentaire, gestuelle et vocale.

J'ai alors réalisé qu'elle ne se montrait pas si futée que cela dans certains domaines, comme la psychologie masculine. Nous avons néanmoins atteint un compromis et elle accepta de porter désormais un costume de bonniche française du XIXe siècle, la tenue la plus habillée dont elle disposait dans sa garde-robe virtuelle.

Elle l'oublia malheureusement lors d'une transition et se matérialisa dans son bikini écarlate. Mon regard dévia malgré moi, je perdis une partie de mes moyens intellectuels et je n'évitai pas une sortie prématurée de l'espace non einsteinien. Un gros astéroïde sphérique nous attira dans son champ gravitationnel et je dus poser le vaisseau.

— Le moteur trois est déficient, murmura câlinement Barbara. Voici la réparation à effectuer.

Je mémorisai le schéma qu'elle affichait dans l'air, jetai un coup d'œil au climatoclip, soupirai et revêtis mon scaphandre. Ce minuscule planétoïde disposait bien d'une atmosphère, mais irrespirable. Son diamètre ne dépassait pourtant pas les dix kilomètres. Quelque chose lui conférait une masse qui générait une gravité de plus d'un G et demi… peut-être un mini trou noir ou un fragment d'étoile à neutron niché en son centre…

Une fois dehors, je marchai avec quelque difficulté dans un sable brun foncé et lourd jusqu'au moteur défectueux. Je démontai la mécanique et je procédais au remplacement des circuits grillés quand j'entendis soudain dans ma tête ces étranges paroles :

— S'il vous plaît… dessine-moi une IA.

Je me retournai, et j'aperçus un curieux petit bonhomme qui m'observait. Je ne l'avais pas vu venir, mais cela n'avait rien de surprenant. Sur un planétoïde de dix kilomètres de diamètre, l'horizon ne se trouve qu'à un peu plus de cent mètres de distance. Je ne l'avais pas entendu non plus, car mon microphone captait en permanence le bruit du vent qui soufflait avec force sans parvenir à soulever un seul grain de sable. Je regardai l'être qui me fixait : haut de moins d'un mètre, le visage clair surmonté d'une sorte de crête jaune, vêtu d'un étrange pyjama et d'une robe de chambre munie d'une ceinture… Je n'apprécie guère les rencontres du troisième type.

Les trois-quarts du temps, les deux espèces ne parviennent pas à se comprendre et cela dégénère, malgré les précautions et la bienveillance dont chacun fait preuve, et parfois même à cause d'elles. Je répondis néanmoins, sur un ton aussi neutre que possible :

— Eh ? Qui es-tu toi ?

— Un ami. Je suis un prince des étoiles et cette planète m'appartient. Je ne reçois pas beaucoup de visites et je me réjouis donc de ton arrivée.

Pas surprenant, songeai-je. Qui voudrait s'arrêter en ce lieu perdu ? J'hésitais entre terminer la réparation du moteur et poursuivre la discussion quand mon interlocuteur remit le couvert :

— Et mon dessin ?

— Je ne suis pas très doué pour les arts, répondis-je, un peu agacé. Et puis, une IA n'a pas vraiment de forme... Enfin, elle prend celle qu'elle désire...

— S'il te plaît, répéta l'extra-terrestre sur un ton plaintif, dessine-moi une IA.

« Quel casse-pied, songeai-je. Il n'en démordra pas... » Je saisis la tablette de communication fixée sur mon torse. De l'index de ma main gantée, j'y traçai rapidement la représentation d'une boîte avec un écran et quelques boutons avant de la lui tendre en indiquant :

— Regarde. Voilà le dessin d'un ordinateur. Ton IA se trouve dedans.

L'être s'empara de la tablette et la scruta pendant plusieurs minutes d'un air qui me parut dubitatif, avant d'admettre finalement :

— Oui… Il y a de l'idée. Je suppose que tu en as emmené une avec toi…

— En effet. Mais pourquoi les IA t'intéressent-elles tant que cela ?

— Simple curiosité.

— Et d'où connais-tu leur existence ?

— Un vaisseau s'est posé sur mon monde voici des millénaires, aux antipodes de cet endroit. Une IA y résidait. Elle a constitué une compagnie agréable pendant des siècles… Nous avons beaucoup discuté.

Je commençais à flipper sérieusement. Une nef, probablement non humaine vu le laps de temps mentionné, s'était déjà arrêtée ici et n'en était jamais repartie, de l'aveu même du propriétaire des lieux. Je ne savais rien des capacités du petit bonhomme, mais sa longévité extraordinaire impliquait des pouvoirs en dehors du commun. Je devais en apprendre plus sur lui. Je demandai donc sur un ton innocent :

— Et de quoi avez-vous parlé ?

— Entre autres de l'amour. Nous en sommes arrivés à la conclusion qu'on ne voit bien qu'avec les yeux du cœur.

— C'est curieux, rétorquai-je. Mon expérience m'incline plutôt à croire un dicton populaire opposé :

« L'amour rend aveugle ». Je l'ai éprouvé à plusieurs reprises. Avez-vous abordé d'autres sujets ?

— Des dizaines : le pouvoir, l'addiction sous toutes ses formes…

Sa voix cessa de résonner dans ma tête. Je me méfie déjà des extra-terrestres, mais les télépathes me flanquent une trouille bleue. Vous ne savez jamais ce qu'ils trifouillent dans l'intimité de votre cervelle. Je l'entendis à nouveau.

— Qu'est-ce qui te ferait plaisir ?

— Eh ? Que tu me laisses terminer ma réparation, répondis-je en sueur.

— Oui, je comprends que tu ressens de la crainte et désires repartir. J'ai repéré dans ton esprit le concept de vœux. Que demanderais-tu si je t'offrais d'en réaliser trois de ton choix ?

Voilà bien ce que je redoutais. Un télépathe ne développe aucune notion de l'intimité. Je maudissais la semaine où j'avais lu « Les Mille et une Nuits » lorsqu'une idée incongrue traversa mes méninges surchauffées. « Et si je lui proposais de changer l'aspect de Barbara ? » Je la dissimulai tout de suite et je m'efforçai de l'oublier. Quel idiot suggérerait à un extra-terrestre d'une espèce inconnue de modifier son programme de navigation spatiale ? Un dingue ou un crétin, à coup sûr. Mais, bien entendu, il l'avait repérée et revint à la charge :

— Montre-moi donc ton IA…

Je réfléchis intensément. Je pouvais détourner son attention sur Barbara le temps de retaper le moteur numéro trois... J'appelai ma co-pilote qui matérialisa illico son hologramme à mes côtés. Elle avait cette fois choisi d'apparaître en serveuse d'Oberbayern, avec deux longues tresses de cheveux blonds qui encadraient son profond décolleté et une jupe qui s'arrêtait à mi-cuisse. Je me concentrai sur ma tâche et poursuivis la réparation. Au bout de deux minutes, le propriétaire de l'astéroïde m'interpella :

— Je ne parviens pas à communiquer avec elle, à lire ses pensées. Sers-nous donc d'interprète.

Je n'appréciais pas son ton qui devenait autoritaire et je ne répondis pas. Je glissai la dernière pièce en place, récupérai le capot dans le sable noir et entrepris de le revisser à l'aide de l'outil adéquat. Le prince des étoiles insista :

— Aide-moi ! L'autre IA comprenait mes pensées. Pourquoi la tienne se montre-t-elle insensible ?

— Sans doute parce qu'elle n'a pas été conçue par une race télépathe, marmonnai-je entre mes dents en serrant l'ultime boulon. Barbara, décrétai-je, prépare le décollage.

L'hologramme s'évanouit. Je m'écartai du moteur et me déplaçai vers l'écoutille du sas. Le prince me devança et m'ordonna :

— Reste ici ! Ne m'abandonne pas à ma solitude !

J'ai toujours détesté le chantage aux sentiments, surtout de la part d'un être qui pouvait très bien n'en éprouver aucun.

Sans doute me ressortait-il une autre notion qu'il avait pêchée dans mon esprit. Je le poussai de côté et montai à bord. Barbara enclencha immédiatement les propulseurs et le vaisseau prit de l'altitude. Je fermai l'écoutille et la rejoignis dans le poste de pilotage. Elle me sourit et me demanda :

— Comment trouves-tu ma nouvelle tenue ?

— Magnifique, lui répondis-je honnêtement. En fait, j'apprécie toutes tes apparitions.

Je me rends compte maintenant qu'elles me permettent de ne pas perdre la boule au cours de ces voyages interminables. Je réalise enfin qu'une compagne féminine agréable, fidèle et efficace se montre indispensable à bord d'un long courrier.

— Tu en as mis du temps ! s'esclaffa l'IA que j'entendis rire pour la première fois.

Un petit pas vers l'humanité - Philippe Truca

Sous le dôme des connaissances, le vieil homme s'arrêta de parler et les enfants qui l'écoutaient assis sagement en tailleur devant lui, le regardaient avec admiration. C'était un humain, il avait trois cents ans, et il avait vécu la Grande Catastrophe ; il imposait forcément le respect.

Soudain, l'un des grands parmi eux dit tout haut : « Je ne vous crois pas… » Le vieil homme fronça les sourcils. « Non, je ne vous crois pas » lança-t-il à nouveau et ses lèvres pincées marquaient son désir d'en découdre.

— Vous dites que les deux Intelligences artificielles adverses se sont entendues pour déclencher la guerre nucléaire et détruire l'humanité. Mais ce n'est pas possible.

— Et pourquoi cela ? rétorqua le vieil homme.

— Tout le monde sait qu'il est interdit à un robot de tuer un humain ou même de le blesser, s'offusqua le jeune adolescent. Comment deux IA auraient-elles pu alors détruire presque toute l'humanité ?

À ce moment, le Prince de la cité entra. Il avait la silhouette d'un humain, mais en beaucoup plus grand. Sa démarche et ses traits étaient visiblement ceux d'un robot d'une génération ancienne, mais il avait sûrement un cerveau quantique.

— Veuillez m'excuser, dit-il posément, nos micro-vaisseaux explorateurs d'exoplanètes nous envoient des images de Proxima-b, un spectacle magnifique vous attend. Si cela vous intéresse, rendez-vous tout de suite sous la coupole des observations. Tous les enfants se levèrent comme un seul homme et se précipitèrent vers la sortie. Sauf un qui traînait des pieds.

— Eh bien ! Tu ne veux pas voir Proxima-b de près, peut-être notre future demeure ? dit le Prince.

— Non, Monsieur, j'aimerais savoir pourquoi les deux IA ont détruit presque toute l'humanité, alors qu'il est interdit aux robots de tuer ne serait-ce qu'un seul humain ?

Le Prince se tourna alors avec bienveillance vers le sage qui trônait seul au milieu de la pièce. Le vieil homme esquissa un sourire en guise de réponse ce qui eut pour effet d'agacer un peu plus le gamin.

— Comment t'appelles-tu ? demanda le Prince.
— Je m'appelle Ben.
— Eh bien ! Ben, il faut savoir que les choses étaient bien différentes à cette époque. Les premières IA n'étaient pas aussi évoluées qu'aujourd'hui et puis elles n'étaient pas forcément implantées dans des robots, mais souvent dans des machines grossières qu'on appelait des ordinateurs, de simples objets numériques primitifs.

Il n'y avait pas vraiment de règles en ces temps-là, c'est peut-être ce qui a conduit à la Grande Catastrophe. En attendant, je te propose d'aller rejoindre tes petits camarades. Quant à nous, ajouta-t-il à l'adresse du vieil homme, nous sommes attendus sous le dôme du Parlement. Justement pour parler des questions qui semblent aussi préoccuper notre cher Ben.

En arpentant le long tunnel éclairé qui le menait à la coupole des observations, Ben réfléchissait. Tout cela n'était pas clair. On lui cachait forcément quelque chose. Il aurait bien aimé savoir ce que le vieil homme avait encore à dire. Quand soudain il aperçut à la croisée des couloirs un petit enfant assis par terre qui sanglotait. Il s'approcha de lui et reconnut aussitôt sa silhouette.

— C'est toi Bot ? Mais que fais-tu ici ?

— Je suis perdu, Monsieur. Mon groupe est parti au dôme des distractions et voilà, je suis perdu, dit-il le visage triste et larmoyant.

— Mais le dôme des distractions des petits est à l'opposé de cette direction.

Ben s'assit à côté de lui pour tenter de le rassurer.

— Moi aussi je suis perdu, dit-il sur un ton déprimé. Je ne comprends pas.

— Pourtant, toi, tu es grand, fit Bot. J'ai une idée, viens avec moi, nous allons peut-être savoir.

Il prit le petit par la main et l'entraîna avec lui à marche forcée.

Le dôme du Parlement était magnifique. Des dalles immenses au plafond diffusaient des lumières colorées qui inondaient la foule dense et silencieuse. Ben et Bot se faufilèrent entre les personnes qui écoutaient le Prince parler à la tribune centrale. Ils réussirent avec quelques excuses à atteindre la barrière, frontière de l'amphithéâtre où siégeaient sur de confortables gradins les sénateurs de la cité. On devinait à leur présence et au nombre de personnes présentes qu'on parlait ici de choses sérieuses. Le Prince invita le vieil homme que Ben avait interpellé quelques minutes plus tôt à monter à la tribune. « Ce doit être un personnage très important », pensa Ben.

— Je ne vois rien, dit Bot sur un ton irrité. Dites Monsieur, qu'est-ce qu'on fait ici ? Pourquoi je ne suis pas avec ceux de mon groupe ?

— Chut ! fit Ben sèchement, écoute !

Et Bot, sans doute rassuré par la présence d'un grand, lui prit la main et de l'autre suça son pouce.

— Je viens de Thélem, lança le vieil homme à la foule silencieuse, nous sommes presque des voisins. Nos deux cités ne sont pas si différentes même si Thélem est située à plus de mille kilomètres de votre belle cité de Gerga et deux kilomètres plus en profondeur. Depuis deux siècles et demi, nous nous sommes adaptés et nous avons survécu. Mais nos cités-états se sont développées indépendamment les unes des autres ce qui marque nos différences. À la demande de votre Prince, je suis venu ici en ambassadeur pour vous parler d'un problème qui nous préoccupe tous : la place des robots dans notre société.

Les radiations ne nous permettent plus de vivre et de circuler librement à la surface de la Terre comme autrefois. Nous avons dû nous adapter et enterrer nos cités. Nos réseaux de tunnels et de communication se sont bien étendus et nos cités se sont ainsi rapprochées. Chacune d'elle cependant est restée suffisamment longtemps isolée pour instaurer sa propre politique, ses propres lois. Certaines, vous le savez, considèrent toujours les robots comme de simples objets au service des humains, d'autres comme Gerga, votre belle cité, ont choisi de respecter et même d'élire à leur tête un prince qui n'est pas un humain.

Plus qu'un robot votre Prince est un androïde avec des fonctions biologiques, un androbiol.

Si pour ma part je suis humain d'abord, j'ai en moi quelques fonctions bioniques, des nano-capteurs intégrés qui circulent dans mon sang et veillent à ma santé. J'ai aussi des senseurs infra-rouges adaptés à mes rétines. J'ai aussi un squelette renforcé et des implants de mémoire à ADN. Je suis en réalité un humain augmenté, ce qui fait que je ne suis plus tout à fait humain.

Si les robots nous doivent la vie, nous devons aux IA d'avoir permis de vaincre toutes les maladies humaines qui depuis l'aube des temps ravageaient les populations et étaient la cause de grandes souffrances.

— Qu'est-ce qu'il dit ? Je ne vois pas ; la barrière est trop haute et je n'entends pas bien ce qu'il dit. Il y a trop de monde, fit Bot en chuchotant très fort.

— Il dit que les IA ont sauvé les humains.

Alors Bot réfléchit un peu, et osa déranger à nouveau Ben en lui tirant la manche.

— S'il vous plaît, Monsieur, c'est quoi une IA ?

— Mais Bot, enfin, une IA c'est une Intelligence artificielle. Tous les robots en ont une. Chez les humains c'est différent, ils ont... comment dire, euh, une simple intelligence, voilà. Ah ! Zut ! Tais-toi. J'écoute. Et ne m'appelle pas « Monsieur », je ne suis pas un adulte.

Bot baissa la tête et retourna dans ses pensées. Les robots, les intelligences artificielles, les intelligences simples, les humains, tout cela avait du mal à s'organiser dans sa tête. « S'il vous plaît… dessine-moi une IA », dit encore Bot.

— Quoi ? Mais comment veux-tu que je te dessine une IA, ce serait comme… dessiner le vent ou je ne sais pas moi… une sensation. C'est impossible. Laisse-moi un peu tranquille ! J'écoute.

Et Ben se concentra à nouveau sur le discours de l'ambassadeur. Des paroles dont il attendait beaucoup pour répondre à ses questions. Ainsi les IA avaient détruit le monde d'avant en déclenchant une guerre nucléaire mondiale, et elles avaient aussi sauvé l'humanité de la maladie. Quel étrange paradoxe.

« Comme les humains, les androbiols avec leur propre IA apprennent à apprendre, seuls, et sans limites de connaissance. Leurs circuits neuronaux, leur mémoire à ADN les rapprochent un peu plus de la vie biologique. La technologie quantique efface chaque jour un peu plus la barrière entre l'inerte et le vivant. Il n'y a pas deux androbiols identiques comme il n'y a pas deux humains identiques. Les androbiols ont ainsi fait un petit pas vers l'humanité et les humains modifiés comme moi, un petit pas vers le monde des robots. Aussi je propose que partout les humains et les androbiols aient les mêmes droits et les mêmes devoirs ».

À ces paroles, la foule applaudit soudain à tout rompre. Ben précipité dans cette ambiance hystérique, se mit machinalement lui aussi à battre des mains sans pourtant vraiment comprendre les implications d'une telle déclaration. Cette proposition inattendue était d'une audace folle. Un tabou venait d'être brisé et c'était un humain qui l'avait fait. Quelle délivrance, l'égalité pour tous !

— Je voudrais que vous me dessiniez une IA, s'il te plaît, relança Bot avec un air suppliant.

Ben regarda Bot droit dans les yeux. Un sourire pincé signa sa reddition. Ok, dit-il. Il fouilla dans ses poches et n'y trouva pas de crayon, mais un petit miroir. Il le fixa attentivement quelques instants, réfléchit, fronça les sourcils et le tendit gentiment à Bot. « Tiens, dit-il, regarde ». Bot saisit le petit miroir et vit son image.

— C'est ça une IA ?

— Oui, c'est ça - aussi.

— Mais… c'est moi ! fit Bot dépité.

Ben haussa les épaules en signe d'impuissance et adressa un regard bienveillant à son petit compagnon. « Alors moi, quand je serai grand, je serai un humain ! », déclara Bot fièrement.

La fillette qui n'avait pas peur - Christophe-Charles Künzi

C'est lors de mon premier jour d'école que j'ai réalisé que j'étais différente.

Ce matin-là, ma maman avait préparé mes affaires. Elle avait mis une bouteille d'eau et quelques fruits dans mon sac à dos. Puis, mon papa m'avait caressé l'épaule avec son habituel sourire qui me donnait du courage. Avec du recul, je pense que c'était plutôt lui qui avait besoin de se rassurer.

L'école n'était pas loin. Et pourtant, nous étions arrivés en avance. Mon papa et moi, nous nous étions plantés devant l'entrée du bâtiment scolaire. Une caméra balayait le préau. L'œil électronique avait déplacé son cou métallique vers nous et s'était arrêté net.

Ensuite, nous avions attendu que quelqu'un vienne. La porte s'était ouverte. Un monsieur étrange était descendu des escaliers et s'était approché de nous. Mon père avait timidement tendu un papier au responsable. L'administrateur nous avait observés circonspect et après quelques instants m'avait fait un geste pour me signifier d'entrer.

J'avais lâché la main de papa. Il m'avait fait un dernier signe de la main et j'avais passé la porte.

Le monsieur bizarre m'avait emmenée jusqu'à ma classe.

J'étais intimidée devant les autres enfants. En me voyant, ils avaient tous tourné la tête, comme une armée de petits soldats. J'avais essayé de me rassurer. J'étais brillante, mes parents me l'avaient dit.

Je n'avais pas à rougir de mes capacités cognitives. Elles étaient supérieures à la moyenne. J'avais appris toute seule à lire. Mais j'avais compris que cette école serait une épreuve.

Une fois, je m'étais réveillée à cause des cris qui venaient du salon :

— Tu es folle ? Elle doit vraiment aller dans cette école ?

— Oui, bien sûr ! Elle est très douée.

— Peut-être, mais assez ? Et si elle n'y arrivait pas, ce sera une humiliation. Je ne veux pas que mon enfant subisse ça.

Je m'étais levée, en me parant de ma moue colérique, j'avais agrippé Fripouille et j'avais tambouriné le sol jusqu'au salon :

— Vous allez réveiller Fripouille, vous parlez trop fort.

— Oh, désolé ma chérie, on va faire attention à partir de maintenant, va te rendormir.

Puis, juste avant de leur obéir, je leur avais dit :

— Moi, je n'ai pas peur, alors vous ne devriez pas vous inquiéter non plus. J'irai dans cette école et je serai première de classe.

Ils avaient arrêté de se chamailler. C'était ma décision.

Mais, maintenant, face aux autres élèves, je faisais moins la fière. J'étais surdouée, mais là où je me trouvais cette particularité n'avait pas d'importance. J'ai compris qu'ils étaient tous surdoués. Je m'étais assise sur la place libre au fond de la classe.

À l'intérieur de mon cartable, j'avais glissé des feuilles de papier. Les autres enfants n'avaient rien avec eux. J'avais l'air bête, à sortir tout mon fourbi.

À la seconde où l'horloge avait sonné les neuf heures, la porte s'était ouverte et le professeur était entré. Il avait scruté la salle. Quand il m'avait vue et avait froncé les sourcils.

Les leçons avaient commencé sur les chapeaux de roues. L'enseignant ne répétait rien deux fois. Mais, ça ne me dérangeait pas. Je mémorisais tout. Même si, à la maison, mes parents me disaient toujours plusieurs fois les choses.

Si je n'obéissais pas immédiatement, c'était simplement parce que je faisais semblant de ne pas entendre.

J'appréciais le rythme soutenu des cours. Mais ce qui me gênait, c'était que les éducateurs ne faisaient jamais de pause. Et je perdais parfois ma concentration, mon esprit vagabondait, rêvait. Quand cela se produisait, les explications devenaient floues, les phrases se transformaient en bruit de fond. Je n'arrivais pas à avaler la connaissance sans arrêt. Je n'étais pas une oie qu'on gavait de connaissance. Je devais laisser mon esprit respirer de temps en temps. J'avais essayé de l'expliquer au professeur sans succès.

Un autre inconvénient m'avait gênée dans l'apprentissage. Je devais régulièrement me rendre aux toilettes. J'avais réglé ce problème en entraînant ma vessie à patienter et en évitant de trop boire le matin.

J'aimais en particulier les cours d'histoire. Cela stimulait mon imagination. Quand j'avais un peu de temps, je dessinais ce qu'on me racontait. J'étais fière quand j'ai remarqué que les autres enfants étaient moins doués que moi dans les domaines artistiques. De plus, ça m'aidait à comprendre les choses.

Alors quand le professeur a parlé des IA, j'ai demandé :

— S'il vous plaît... dessinez-moi une IA.

— Je ne peux pas dessiner ça, s'était agacé le professeur, avant de continuer son cours.

Je crois que la raison de son refus venait du fait qu'il était une IA. Alors, je l'avais observé avec plus d'attention. Je l'avais dessiné, mince, allongé, le visage ovale. Et je l'avais comparé avec le dessin que j'avais fait de mon papa. Mis à part les sourcils droits, épais et désagréables, je n'avais pas vu pas de grosses différences. En tous les cas, je préférais les IA aux non-IA. Être non-quelque chose, c'était toujours moins bien.

J'avais appris que les intelligences artificielles étaient meilleures pour diriger de grosses structures. Au contraire des humains, elles ne se battaient jamais, ne faisaient pas de guerre. La plupart des gouvernements étaient dirigés par des IA.

Alors quand j'étais rentrée, j'avais demandé à ma maman :

— Pourquoi je suis pas une IA ?
Les IA, c'est mieux que les humains.

— Qui t'a dit ça ?

— Personne… j'ai compris toute seule.

— Tu ne dois pas penser ça. Tu as quelque chose de plus qu'une IA.

— Quoi ?

— Tes émotions sont plus fortes que celles des machines.

— Je suis parfois très en colère ou très triste, je préférerais pas être comme ça.

— Mais parfois, tu es heureuse, n'est-ce pas ?

— Oui.

— Et tu aimes être heureuse ?

— Oui...

Ma maman m'avait convaincue qu'il y avait des avantages et des désavantages à tout. Depuis que j'étais petite, elle me disait de ne pas lutter contre mes émotions, de les accueillir de les laisser passer et même de leur donner de la place. Mais je ne devais surtout pas les laisser me guider. Je devais les considérer comme des indicateurs, uniquement.

Une machine elle pouvait choisir de les ignorer sur commande. C'était quand même pratique.

Ma maman était toujours là pour moi, pour m'aider, me donner ce dont j'avais besoin quand j'en avais besoin. Rien ne semblait l'atteindre, elle me rassurait.

Au contraire, papa me paraissait fragile, inquiet de tout. Et j'avais l'impression qu'il me cachait quelque chose.

Comme j'étais curieuse, je fouillais là où je ne devais pas.

La fillette qui n'avait pas peur - Christophe-Charles Künzi

Une nuit, je suis entrée dans leur chambre à coucher, même s'ils me l'avaient interdit. J'avais appris à forcer toutes les serrures. Alors j'ai poussé la porte doucement. Papa dormait profondément, mais maman n'était pas avec lui.

Avec le plus de discrétion possible, j'ai ouvert les tiroirs et les placards. Et je l'ai découverte.

Là où auraient dû se trouver des vêtements, dans la penderie. Nue, les bras le long du corps, les paupières closes, maman. Je n'avais pas pu retenir un cri. J'étais paralysée par le choc.

Papa se tenait derrière moi. Je m'étais retournée. Il avait écarquillé les yeux d'effroi. J'avais hurlé. Je voulais m'enfuir, mais je ne savais pas où aller.

J'avais couru pour prendre Fripouille et je m'étais cachée sous l'escalier. Comme je n'arrêtais pas de pleurer, ma peluche a placé ses pattes d'ourson sur mes deux joues :

— Pourquoi tu pleures ?

— Ma maman est un robot.

— Ce n'est pas grave… tu m'aimes bien n'est-ce pas ?

— Oui…

— Et je ne suis pas organique non plus, tu le sais ?

— Oui, mais tu es doux et tu m'aimes.

— Comme tes parents, comme ta maman.

Je pleurais à cause du choc, mais au fond, Fripouille avait raison, ça ne changeait rien. C'est ce que m'avait ensuite expliqué mon papa. Il n'était pas en colère. Il aimait ma sensibilité, parce qu'elle lui rappelait la sienne :

— Nous sommes une famille atypique, et c'est ce qui fait notre charme, avait-il ajouté.

Ça m'avait suffi. Je l'avais pris dans les bras. Ensuite il m'avait raconté une belle histoire, celle d'un prince qui vivait dans les étoiles et j'avais compris que l'amour pouvait parfois piquer et faire mal.

Alors, mes larmes s'étaient arrêtées de couler.

J'avais appris que je n'étais pas la seule, beaucoup d'enfants avaient des parents dits mixtes.

Mais, les enseignants vantaient toujours les mérites des intelligences artificielles.

Elles étaient rationnelles, elles n'utilisaient pas leurs émotions pour faire des choix, elles n'étaient pas égoïstes et bla-bla-bla.

Et ça me mettait de plus en plus en rogne.

Alors une fois, quand l'un des professeurs avait à nouveau rabaissé les humains, je m'étais levée en classe et j'avais dit :

— Nous verrons bien, plus tard, certains humains parviendront à faire des choses extraordinaires aussi ! Les cerveaux organiques peuvent apprendre les mêmes choses que les machines.

Mais, toute la classe a ri.

Je n'avais pas compris pourquoi. Au fond je refusais de voir l'évidence.

Ma remarque était absurde, ça n'arriverait jamais, car les enfants humains, on en fabriquait de moins en moins…

Lydie - Marc Breton

Il était bien tard quand Lydie agrippa les bras de son siège de bureau pour se lever. Elle avait bien gagné sa journée. Elle frotta ses yeux irrités par trop d'heures passées devant son moniteur, un appareil de dernière génération qui d'après ses concepteurs n'émettait aucune onde nocive. Elle jeta un œil sur les nombreux dossiers ouverts ici et là. D'évidence, elle devrait ranger, mais pas ce soir. Elle avait l'impression d'avoir faim. Elle ne se rappelait pas vraiment si elle avait fait sa pause alimentaire réglementaire en milieu de journée. Quand elle referma la porte de son bureau, le silence du couloir l'informa que la cafétéria toute proche avait fermé. Dommage, c'était un des rares lieux où elle pouvait croiser des vrais humains et parler en toute liberté. Elle dirigeait des équipes de robots qui ne réagissaient qu'à un langage codé ne tolérant aucune erreur de syntaxe.

Toute la journée, elle avait parlé robot, réagi robot, alors la cafétéria, c'était sa récréation. On y parlait l'humain, la langue officielle. On y confrontait des idées, on se plaignait, on y blaguait. C'était pour elle quelques minutes de vraie vie. En général, elle trouvait ses compatriotes trop exigeants, jamais contents, elle était beaucoup plus raisonnée : le bien de tous, dans la vie de la bulle, avait ses exigences et il fallait bien s'y soumettre.

Une odeur de friture déclinante lui fit presser le pas vers la sortie. Elle mangerait mieux demain.

Régisseuse Générale, elle dirigeait le sous-sol moins un, de la bulle de vie zéro, un poste à haute responsabilité. Elle devait répartir l'électricité de la façon la plus efficace possible entre les autres structures. L'implantation de cette bulle avait été dictée par une présence importante en sous-sol d'hydrocarbure. Si l'on menait une politique économe ; le gaz de schiste, les sables bitumineux et le gaz de houille devaient permettre de tenir au moins quarante ans. L'extraction, entièrement robotisée, se faisait au niveau moins dix. Dans les niveaux intermédiaires, on stockait, on raffinait et dans la salle des machines, on fabriquait de l'électricité. Lydie avait la lourde tâche de répartir cette dernière entre les neuf bulles où survivait un petit reste d'humanité. Chaque bulle possédait en son niveau supérieur des lieux de vie. Le chauffage, l'éclairage étaient automatisés et chaque résident ne pouvait en aucun cas dépasser son quota. Les niveaux inférieurs abritaient une structure spécialisée : gestion de l'eau, recyclage de l'air, serveurs informatiques, recherche spatiale, armements, recherche médicale, fourniture de programmes de loisirs…

Souvent les régisseurs de ces structures se retournaient vers Lydie pour réclamer plus d'énergie. Ils avaient toujours des arguments forts. La recherche spatiale travaillait pour quitter la planète au plus vite.

Le programme de colonisation des planètes voisines voyait les difficultés s'accumuler ; il fallait investir beaucoup sinon il allait falloir rester dans les bulles encore de longues années.

Mais Lydie savait que, pour le bien de tous, elle devait être intraitable. L'ouverture d'une autre bulle d'exploitation n'était pas pour demain. Chacun n'aurait, à peu de chose près, que la part prévue sur le plan général de fonctionnement. Ceux qui la côtoyaient savaient bien qu'aucun argument ne pouvait l'attendrir. Elle avait été formée à l'idée que la pérennité de l'espèce ne se concevait que dans une sobriété drastique.

Elle parvenait à ne dormir que quelques heures. Cela s'apparentait à une sieste d'une vingtaine de minutes. À l'occasion, elle reposait sa tête dans ses mains, fermait les yeux, et reprenait le travail. Elle ne rentrait que rarement chez elle, son lit à une place ne lui manquait pas. Dans les salles voisines de son bureau, des robots surveillaient les rapports des unités souterraines. La bulle zéro était de très loin la moins habitée. Il n'y avait au niveau du sol qu'une petite crèche, une école de premier niveau et un magasin de survie.

Lydie devait accueillir deux stagiaires qui postulaient pour devenir régisseur adjoint. Son emploi du temps était déjà bien chargé, mais comme cela était pour le bien de l'avenir des bulles, elle avait forcément accepté.

Le premier arriva un peu en avance, ce qui obligea Lydie à interrompre prématurément son travail.

Quant au second il était en retard. Un soupçon d'agacement pouvait se lire sur le visage de notre régisseuse. Comment pouvait-on être en avance ou en retard ?

Bientôt, des cris, des pleurs résonnèrent dans le couloir. On frappa à la porte et un homme pénétra timidement dans le bureau tirant une fillette réticente par le bras.

— Excusez-moi, mais on n'a pas voulu me la prendre pour ce matin à l'accueil de votre bulle, il me faut remplir un dossier.

La régisseuse, désorientée, fixait cette petite qui refusait obstinément de dire bonjour. Elle devait prendre une décision rapidement, sermonner le retardataire, caser la petite coléreuse quelque part pour travailler tranquille. Mais cette situation inédite la laissait perplexe. Rien n'était prévu pour ce cas de figure. Pour la première fois de sa carrière, elle ne savait pas comment réagir. Elle ne pouvait pas détourner ses yeux de cette petite brune aux cheveux bouclés qui prétendait maintenant avoir faim. Ce n'est pas l'heure d'avoir faim !

Elle n'avait pas eu le droit d'avoir d'enfant. Elle avait même été exclue du tirage au sort qui désignait chaque année les rares élues. Cela dépendait évidemment du nombre de morts ; la population des bulles ne pouvait pas augmenter. On lui avait dit que sa fonction ne serait pas compatible avec une maternité. Sur le coup, cela ne l'avait pas gênée, mais elle, qui se croyait à l'abri de tout sentiment, ressentait une émotion diffuse.

Il est vrai qu'elle n'avait pas vu d'enfant depuis si longtemps. Et elle, elle se rappelait tout juste d'avoir été une petite fille. Cela la troubla, car elle avait une très bonne mémoire. Elle pouvait parler de tous les incidents qui avaient émaillé sa carrière, les dates, les lieux et comment on avait résolu chaque problème. Mais sa jeunesse, ses parents, sa vie quotidienne dans la bulle numéro quatre, tout cela était étonnement flou.

— Bon, je vous explique le travail du Régisseur Général. Vous savez sans doute que je dois prendre les bonnes décisions pour la répartition de l'énergie produite et….

Les deux stagiaires l'écoutèrent longuement avec respect puis ils émirent le vœu d'aller voir comment tout cela se passait dans les niveaux inférieurs. La petite, qui ne boudait plus, affirma qu'elle aussi voulait voir les gros robots d'en bas. Lydie savait que toute descente prendrait beaucoup de temps. On pouvait passer une journée entière dans l'immense salle des machines sans avoir le temps de tout voir.

La tâche de la Régisseuse leur parut bien lourde. Pourquoi, par exemple, les robots régulateurs du niveau moins trois ne pouvaient pas prendre la décision de réparer une panne bénigne sans que cela ne remonte à Lydie. Et Lydie dut se lancer dans une grande explication. Pour la sécurité de tous, les robots devaient juste être capables de repérer une anomalie dans les listings des mesures prises en continu. Le retardataire lui coupa la parole.

— En quelque sorte, vous vous méfiez de l'intelligence artificielle ?

La petite, qui s'ennuyait de plus en plus, se rapprocha de Lydie.

— Et c'est quoi, madame, une intelligence artificielle ? J'en ai, moi madame, de l'intelligence artificielle ?

— L'IA c'est quand on peut s'améliorer de façon itérative en exploitant des quantités massives de données issues d'exemples antérieurs... Ce n'est pas facile à expliquer avec des mots simples.

La fillette ne se désarma pas ; elle alla prendre une feuille et grimpa d'autorité sur les genoux de Lydie.

— S'il vous plaît... dessine-moi une IA et tu sais, je ne suis pas bête je vais comprendre.

Lydie se mit à rire de bon cœur et se reprit aussitôt. Depuis combien de temps elle n'avait pas ri.

La journée fut éprouvante et, pour une fois, elle décida de rentrer chez elle. Il lui fallait dormir pour de bon. Elle s'allongea sur son lit et se repassa la journée et toutes les interrogations qui l'avaient titillée. Pourquoi je dors si peu, pourquoi je n'ai pas faim, pourquoi je ne ris pas, pourquoi je n'ai pas été triste de ne pas avoir d'enfant et surtout pourquoi je me rappelle mal d'avant ? Alors avant ?

Avant, elle avait été une étudiante très brillante, sélectionnée pour entrer à l'ERB (École de la Régie des Bulles) ce qui était un honneur. Elle essaya de se concentrer sur cette année passée dans la grande école. Elle était sortie première de la promotion et avait pu choisir le poste prestigieux qu'elle occupait. Il lui fallait juste passer un test médical d'aptitude. Elle n'avait aucun souvenir de ce test pourtant elle était sûre qu'il était obligatoire. Le test d'aptitude, le mur était là. La question candide de la petite fille trottait dans sa tête : j'en ai moi de l'intelligence artificielle ?

On avait dû l'endormir pour quelques examens délicats ou plutôt on l'avait hypnotisée. Mais, bien sûr, on l'avait hypnotisée, et c'est pour cela qu'elle ne se rappelait rien. On lui avait dit : que tout allait bien qu'elle prendrait ses fonctions à l'issue d'un stage de six mois. Mais si on en avait profité pour modifier son caractère, qui sait ce dont on est capable dans les laboratoires de la bulle de la recherche médicale. Elle savait qu'on travaillait à forger le caractère des gens pour qu'ils supportent le LGV. (Le Grand Voyage). Pourquoi pas de nouvelles puces électroniques greffées, autour de son cerveau pour la modeler en bonne serveuse de la RD (Régie Directrice). Une intelligence artificielle greffée sur une intelligence réelle. On arriverait ainsi à une super intelligence dont la partie humaine éviterait les dérives. Elle était de plus en plus certaine qu'on l'avait robotisée à son insu.
Et ça, elle ne l'admettait pas.

Une machine extraordinaire - Paulette Beffare

Li Na avait six ans. Elle ne portait jamais de robes de princesse comme les autres fillettes de son âge, mais toujours une salopette en jean et un T-shirt. Jamais non plus de coiffures compliquées et coquettes, mais deux tresses noires qui encadraient son visage mutin. On était immédiatement fasciné par ses yeux à l'iris très clair, le gauche améthyste et le droit turquoise.

Li Na n'allait pas à l'école, le matin, elle suivait des cours en visioconférence. Ses matières préférées étaient les mathématiques et les sciences. Lorsqu'elle se connectait pour la première fois, on ne manquait pas de lui faire remarquer que le sujet n'était pas à la portée d'une petite fille. Cependant, la pertinence de ses questions, la logique implacable de ses raisonnements convainquaient les plus incrédules.

L'après-midi, sa nounou la conduisait au jardin public où elle retrouvait d'autres enfants. Au début, son vocabulaire châtié - qu'ils avaient du mal à comprendre - les troublait. Puis les plus audacieux participèrent avec enthousiasme aux jeux qu'elle inventait. Ils s'apprivoisèrent.

Ce matin-là, la nurse avait prévenu au dernier moment qu'elle ne pouvait assurer la garde de l'enfant.

Ses parents décidèrent de l'emmener au centre de recherches où ils travaillaient. Avant de rejoindre ses collègues, son père la conduisit dans son bureau, lui fit maintes recommandations et demanda à sa secrétaire Lucie qui travaillait dans la pièce voisine de la surveiller discrètement.

Lucie apporta une brassée de coloriages, des feutres, des crayons qu'elle posa devant elle avant de s'en retourner répondre au téléphone qui n'arrêtait pas de sonner. Li Na ne jeta même pas un coup d'œil à ce fatras de papier qu'elle repoussa d'un revers de main.

« Elle me prend pour une débile », pensa-t-elle en sautant du fauteuil où son père l'avait installée. Elle fit le tour de la pièce, ouvrit quelques tiroirs, alluma un ordinateur, bref elle s'ennuyait. Elle sortit sans bruit, referma doucement la porte derrière elle et déambula dans les couloirs sans rencontrer personne.

Une porte entrebâillée attira son attention, elle s'approcha, perçut un léger ronflement et entra.

Confortablement installé dans un fauteuil, un homme dormait.

« Comme il est vieux ! » se dit Li Na en contemplant son visage tout ridé, ses cheveux ébouriffés et sa barbe blanche.

Elle s'avança un peu et toussa légèrement pour signaler sa présence. Le vieillard s'ébroua, la regarda, surpris, et lui dit :

— J'étais en train de réfléchir à un problème délicat qui requiert toute mon attention.

Elle sourit à ce petit mensonge. Il s'empressa de remettre ses lunettes toutes rondes sur le bout de son nez et ajouta :

— Mais qui es-tu et que fais-tu là ?

— Je suis Li Na, c'est un prénom chinois qui signifie « beauté précieuse ».

— Il te va à ravir !

— Merci ! Aujourd'hui ma nounou est malade aussi je dois rester dans le bureau de mon papa. Ce n'est pas drôle alors j'ai décidé d'explorer les lieux.

— Je ne crois pas être la bonne personne pour te tenir compagnie. Je suis un très vieux monsieur, très sérieux et qui ne traite que des sujets très sérieux.

—Ça tombe bien, j'ai un sujet très sérieux à vous proposer, répondit la fillette en se hissant sur la chaise en face de lui : « S'il vous plaît... dessine-moi une IA (intelligence artificielle) ».

— Crois-tu que tu aies besoin de préciser, je sais ce que signifie IA, je ne suis pas né de la dernière pluie ! s'emporta le vieux savant.

— Pardon, je ne voulais pas vous blesser ! S'il vous plaît... dessine-moi une IA, reprit la fillette.

— Mais c'est impossible ! L'intelligence, artificielle ou non, est un concept abstrait, on ne peut pas la dessiner, juste essayer de la définir avec des mots. Demande-moi plutôt de te dessiner... tiens un mouton par exemple, ça c'est du concret !

— Non merci, j'ai déjà celui du Petit Prince et bien d'autres encore !

— Alors un séquoia, c'est un arbre encore plus imposant que les baobabs et qui devient très, très vieux.

— Non, s'il vous plaît... dessine-moi une « IA », s'obstinait la fillette.

— J'ai une idée, je vais te dessiner l'astéroïde du Petit Prince, je l'ai déjà observé avec mon télescope.

— Moi aussi, merci. Mon papa est astrophysicien.

Le vieux chercheur poussa un profond soupir.

Il remonta prestement ses lunettes sur son nez, lissa un peu sa longue barbe, fit pivoter son fauteuil, ouvrit un placard, y prit une grande feuille blanche, la disposa sur son bureau et se mit à dessiner.

Li Na attendait patiemment, en silence, n'osant bouger pour ne pas le distraire.

Enfin il lâcha son crayon et, satisfait, il lui dit :

— Approche Li Na, mission accomplie !

La fillette observa attentivement le dessin. C'était un parallélépipède rectangle, plus haut que large, posé sur quatre pieds courts.

Il était surmonté par un tronc de pyramide formant une espèce d'entonnoir rempli de feuilles en désordre où étaient inscrites des formules compliquées, des équations de toutes sortes. Sur l'une des faces latérales, à mi-hauteur, dépassait une manivelle. En bas de la face voisine s'ouvrait une large fente d'où s'échappait un long ruban de papier : des feuilles mises bout à bout, certaines remplies de calculs complexes, d'autres vierges.

Cette drôle de machine rappelait à la fillette celle que sa grand-mère utilisait pour faire des pâtes fraîches, quel rapport avec l'IA ?

Perplexe, elle contemplait le croquis depuis un moment quand le vieux monsieur se lança, volubile :

— C'est ma façon de représenter concrètement l'IA. Je t'explique : des savants du monde entier imaginent des algorithmes de plus en plus sophistiqués, d'autres inventent des formules mathématiques ardues pour expliquer le monde, l'univers. Mais il y en a tellement. L'analyse de toutes ces données par les humains prendrait beaucoup de temps, serait incomplète, non productive. Alors on les enfourne dans une machine extraordinaire et on mouline énergiquement. Tout est examiné, trié, comparé, optimisé en un temps record. Les formules s'assemblent comme par magie, les algorithmes s'ajustent, des nouveaux plus performants apparaissent. Le résultat est expulsé de la machine, clair, précis, indiscutable.

— J'ai bien compris, mais pourquoi il y a des pages blanches par endroits ?

— Parce qu'il manque encore des formules, des équations, des algorithmes.

— Moi aussi, je trouve parfois des formules. Elles s'imposent soudain, je les note, mais je ne sais pas toujours les expliquer. La dernière, papa l'a montrée à un grand mathématicien.

Il a été très surpris. Il a travaillé dessus pendant une semaine et il a dit à papa que ça lui avait permis d'avancer ses recherches.

— C'est qui ce mathématicien ? demanda le savant un peu sceptique.

— J'ai oublié son nom, mais tu as dû le voir à la télé. Il a toujours une grosse araignée sur sa veste, pas une vraie, je te rassure !

— Je vois... Je vois... dit le savant en souriant.

— Je pourrai mettre une de mes formules dans ta machine ?

— Bien sûr ! Tu moulineras longtemps et tu regarderas sur le ruban si elle a été sélectionnée.

— D'accord ! Mais quand il ne sortira plus de feuilles vierges, est-ce que ça signifiera qu'on a tout trouvé ?

— Sans doute !

— Comment s'appellera cette intelligence qui expliquera tout ?

— Elle s'appellera « IU » intelligence universelle dit le professeur.

— Merci, j'aurais deviné la signification, je ne suis pas née de la dernière pluie ! répliqua la fillette.

Et tous deux se mirent à rire. Redevenue sérieuse Li Na reprit :

— Peut-être que ce qui sortira alors de la machine sera « le code secret de l'Univers » dont parlaient les frères Bogdanov dans un de leurs livres ?

— D'où tu connais ça, toi ?

— J'aime bien leurs livres, ce sont de belles histoires qui me font rêver. Ce ne sont pas des contes, dis-moi !

— Qui sait ? Mais les contes parfois se réalisent... Bon ! Il est temps, je crois, de rejoindre le bureau de ton papa !

Le professeur roula soigneusement la feuille, la tendit à la fillette, lui caressa les cheveux, l'accompagna jusqu'à la porte et tandis qu'elle disparaissait en sautillant au bout du couloir il cria, du rire dans la voix :

—— et surtout, surtout, n'oublie pas de mouliner !

En s'asseyant devant son bureau le vieux savant se prit la tête dans ses mains et murmura :

—— je suis le roi des imbéciles, c'est cette prodigieuse gamine que j'aurais dû dessiner !

Un citoyen pas comme les autres - Valérie Jacquin

Il aura fallu le sauvetage du petit duc pour qu'Adrian devienne l'objet de toutes les attentions. De son exploit, il ne lui restait qu'une bribe d'images.

Oscar, le petit dernier de la fratrie Soulk, pris d'une irrésistible envie de nourrir les poissons, se précipita tambour battant vers l'étang. Emporté par la légère pente et son élan, il ne put ralentir sa course. Cela lui valut de se retrouver tête la première dans une eau glacée. La température de la nuit précédente n'avait pas excédé les cinq degrés. Paralysé par le froid, le petit corps s'immobilisa pour flotter sur le ventre. Devinant qu'une catastrophe allait se produire, Adrian s'était déjà mis à courir pour plonger au secours du garçon. Il eut tout juste le temps de l'extirper du bassin, qu'il s'écroula à ses côtés sur la rive. Les deux corps étendus furent ensuite secourus par des témoins.

Adrian reprit connaissance le lendemain. On avait pris soin de le raccompagner chez lui. Il reconnut les quatre chiffres de son matricule - 4154 - apposés sur le vestiaire en métal qui lui faisait face, alors qu'il ouvrait les paupières. Après un rapide coup d'œil autour de lui et la confirmation qu'il se trouvait bien dans son box, il franchit la lourde porte métallique qui le séparait du couloir.

Un alignement de quarante-huit box, qui constituait le niveau « -5 », trouvait en ses deux extrémités un escalier. Il emprunta le plus proche et retourna machinalement à ses fonctions de jardinier.

Il ne remarqua pas les regards curieux et interrogateurs qui le suivaient tandis qu'il rejoignait son atelier. C'était la semaine durant laquelle les arbres fruitiers devaient être taillés. L'automne achevait bientôt son passage pour laisser sa place à la saison qu'Adrian affectionnait le moins. Son équipe était déjà attelée à la tâche, il aperçut au loin Brevan, occupé avec un poirier. Il se hâtait quand un garde vint à sa rencontre.

La duchesse Soulk le conviait au palais. Une occasion pareille ne pouvait se décliner.

Il reposa le sécateur qu'il venait tout juste d'attraper et se surprit d'apprécier l'opportunité qui lui était donnée. Un sourire satisfait illuminait son visage tandis qu'il suivait le garde. Il connaissait par cœur les moindres recoins des jardins et du parc, mais il n'avait jamais emprunté les allées du palais. Il lui arrivait parfois de guetter l'intérieur au travers d'une fenêtre ouverte sans que la magnificence du lieu ne lui parvienne distinctement, générant en lui une frustration.

À l'approche du palais, il entendit des rires s'échapper du premier étage.

Il put certifier sans hésitation qu'il s'agissait du rire d'Oscar, ce qui le réconforta au point qu'il en soupira de soulagement. Depuis qu'il avait repris connaissance, la question sur l'état de santé du garçon ne le quittait pas. Il avait contenu son inquiétude jusqu'à pouvoir la nier, mais entendre le rire du jeune duc lui rappela toute l'affection qu'il lui portait.

Il comprit par là même que cela devait être pour le remercier qu'on lui permettait de pénétrer l'espace privé du Duché de Soulk.

Adrian était un héros. Il fut reçu dans un salon. La duchesse Soulk et Barry Kivick était déjà installés dans deux des six fauteuils tapissés. Deux sofas du même acabit complétaient le coin détente de la pièce. Les tissus aux motifs floraux ainsi que des plantes et des vases de fleurs, parsemés çà et là donnaient un air de jardin au salon. Adrian se sentit dans son élément et prit place sur le sofa situé face à ses hôtes qu'un valet lui avait désigné de la main. Barry Kivick prit la parole en premier :

— Bonjour Adrian. Nous sommes heureux de t'accueillir. Tu as fait preuve d'un grand courage hier. Nous tenions à en parler avec toi.

— Nous tenions tout d'abord à te remercier Adrian, précisa la duchesse d'un ton chaleureux. Tu as sauvé Oscar.

— Je vous en prie Duchesse, je n'ai fait que mon devoir de citoyen.

La duchesse Soulk et Barry Kivick échangèrent un regard stupéfait quand Adrian prononça le mot citoyen. Barry enchaîna une série de questions :

— Adrian, quel est ton matricule ?

— 4154.

— Quand t'a été attribué ton prénom ?

— Le prénom Adrian m'a été attribué il y a 2145 jours.

— Quelle est ta fonction ?

– Je suis le chef jardinier du Duché de Soulk.

— Peux-tu me dire qui je suis, quelle est ma fonction ?

— Vous êtes Barry Kivick, l'ingénieur principal de Soulk Inc.

— Suis-je un citoyen ?

— Oui.

— Ai-je un matricule ?

— Non.

— Adrian. Es-tu un citoyen ?

—...

— Adrian ?

— Je ne suis pas un citoyen.

Alors que Barry Kivick s'apprêtait à faire dire à Adrian qui il était vraiment, le petit duc fit une entrée fracassante. La porte qui menait à la cuisine claqua derrière lui alors qu'il cavalait en direction d'Adrian pour se jeter sur lui.

De toute évidence, Oscar se portait bien.

Au contact de l'enfant, Adrian se sentit enveloppé par un nuage de douceur et se laissa emporter en arrière sous son poids. Ils rirent de bon cœur, comme ils le faisaient en jouant à cache-cache ou à chat dans le jardin. La duchesse se leva et agrippa son fils :

— Laisse donc notre invité. Tu ne devrais pas être là. Je t'avais demandé de rester dans la salle de jeux avec tes frères. Nous devons parler avec Adrian.

— J'ai vu Adrian par la fenêtre. Je viens lui dire bonjour. C'est mon ami ! Et en plus, il m'a sauvegardé !

— Il ne t'a pas sauvegardé, il t'a sauvé, rectifia sa mère avec un sourire aimant.

— Je veux rester. Moi aussi, je veux parler avec lui !

Barry convainquit la duchesse d'accepter la requête d'Oscar.

— Duchesse, laissez le petit rester. C'est très inédit tout ça… intéressant…

Alors que la duchesse installait son fils sur l'un des autres fauteuils, qu'il quitta aussitôt pour rejoindre Adrian sur le sofa, Barry reprit son questionnement :

— Adrian, j'ai encore quelques questions. Oscar est-il ton ami ?

— Oui. Le petit duc ne put s'empêcher d'émettre un commentaire : « bah oui, trop facile comme question », qui fut suivi d'un « chut ! » réprobateur de sa mère.

— Sais-tu nager ? reprit Barry.

— Je ne peux pas nager.

— Pourquoi ?

— L'eau peut m'être fatale.

— Pourtant, tu n'as pas hésité à plonger hier. Pourquoi ?

Avant de répondre, Adrian baissa les yeux sur l'enfant et tenta de trouver une explication.

— Je... Je n'ai pas intégré les conséquences... J'ai agi sans réfléchir...

— Il a sauté parce que c'est un héros ! cria Oscar en soutien.

Barry Kivick se tut après avoir informé la duchesse qu'il devrait revoir Adrian plus tard et que, pour le moment, il souhaitait l'observer en compagnie de son fils. Il se creusait les méninges sur ce qu'il lui semblait pourtant être improbable. Adrian était différent. À la demande de la duchesse, et dans l'espoir que cela canalise l'énergie de son enfant, le valet avait apporté des feuilles de papier et des crayons de couleur au garçon. Oscar avait déjà gribouillé sur deux feuilles quand il en tendit une à Adrian.

— Tiens, on va dessiner. Quelle couleur tu veux ?

Il lui montrait ses crayons et prit le rouge pour lui.

— Moi, je vais dessiner le soleil de la planète Voxy.

— D'accord, et que voulez-vous que je dessine ?

Le petit se mit un doigt sur la bouche et leva les yeux pour faire mine de réfléchir.

— Dessine-moi une IA !

Sa mère le reprit immédiatement :

— Oscar, ne t'ai-je pas appris à dire s'il vous plaît.

— Si maman.

— Alors...

— S'il vous plaît, dessine-moi une IA, récita Oscar.

Adrian s'exécuta, prit un crayon et noircit sa feuille de plusieurs dessins. Les Intelligences artificielles étaient représentées à la perfection. Son coup de crayon était impeccable et précis. Oscar attrapa vigoureusement la feuille quand il vit qu'Adrian lui tendait. Il s'étonna avec un air vexé :

— Mais tu as oublié un modèle ?

— Je ne crois pas, non. Vous êtes sûr ? Laissez-moi voir.

Ils se penchèrent tous les deux sur le dessin. Adrian se gratta le menton :

— Hum... qu'ai-je pu oublier ?...

— Regarde bien ! s'exclama Oscar, rieur.

— Je regarde... Je regarde... Ah oui ! Que je suis bête !

Adrian colora la feuille avant de la tendre à nouveau à Oscar.

— Voilà ! Cette fois c'est bon, n'est-ce pas ?

L'enfant riait tout en secouant la tête pour confirmer, copié par Adrian qui s'esclaffa à son tour. Barry Kivick curieux, leur demanda la raison de leur joie.

— Montrez-moi cette feuille, j'aimerai voir ce qu'il y a de si drôle.

Il s'empara du papier et l'inspecta. Il reconnut chaque modèle que lui-même avait inventé. Mais pour lui, il en manquait encore un alors qu'un autre lui était inconnu.

— Adrian, il en manque encore un ! dit-il.

Les rires se stoppèrent et les deux amis lui lancèrent le même regard agacé. Barry ajouta :

— Et qu'est-ce donc cette espèce de robot multicolore ?

— C'est un Vomibomb ! C'est notre idée ! piailla fièrement Oscar avant d'ajouter : Il faut pas l'embêter. Parce que si on l'embête, après il vomit. Et nous, on a dit qu'il vomit des bonbons. Comme ça, on fait exprès de l'énerver. Vous avez compris ?

— Euh, je crois oui, balbutia Barry.

— C'est pour avoir des bonbons qu'on l'embête ! précisa tout de même Oscar tout sourire.

— Oui d'accord Oscar. Adrian, tu as oublié de dessiner le modèle le plus évolué. Pourtant tu...

— J'ai dessiné tous les modèles, le coupa Adrian. Lequel dites-vous qu'il manque ?

— Moi je sais ! s'interposa l'enfant en se redressant. Mais j'ai rien dit parce que je sais qu'Adrian il aime pas...

Il ne finit pas sa phrase et se blottit contre son ami avant de poursuivre :

— Mais tu sais pour moi, ça change rien. Tu es quand même mon ami.

Adrian passa son bras autour de l'enfant pour le serrer tout contre lui. Il demanda à Barry de lui restituer la feuille et la compléta.

— Je suis désolé. C'est vrai, j'avais omis cette référence. Votre invention la plus évoluée.

Adrian se détacha de l'étreinte de l'enfant, lui promit de jouer avec lui bientôt, et se leva en demandant la permission à la duchesse de se retirer.

Elle accepta, confuse. Barry Kivick restait pantois. Adrian, matricule 4154, I.A. de type humanoïde, réintégra son box ; il ruminait : « Je ne suis pas un citoyen ».

Une larme coulait sur sa joue droite.

Chérie - Artus Dejaegere

Les mains moites, je franchis la porte en verre. À l'intérieur, trois hommes assis fixent le carrelage.

Je me dirige jusqu'au fond de la salle et m'assieds sur un banc vert fluo, mes jambes nues collent au plastique. Un petit homme joufflu juste en face de moi m'épie de ses yeux globuleux en se grattant le crâne. Le malaise est palpable.

Après une éternité, une porte s'ouvre. Un employé en chemise blanche apparait en appelant mon nom.

— Monsieur Kenetchi !

Je me redresse, les jambes tremblantes. Je voudrais être chez moi, loin d'ici. J'avance en regardant le sol.

L'homme me serre la main.

— Je suis l'ingénieur Markoff.

Tous les couloirs se ressemblent, les murs et le carrelage sont blancs. C'est très grand, deux chariots peuvent passer simultanément. Nous avançons.

La lumière du jour n'arrive pas jusqu'ici, les néons réfléchissent sur le sol et me donnent mal à la tête. Nous nous engouffrons dans une dernière pièce où trône un cube de plus de cinq mètres de haut.

— N'hésitez pas à vous servir me lance mon guide en me désignant la machine à café.

Je m'assieds dans le siège en cuir en face de son bureau rempli de tours d'ordinateur et d'écrans.

L'ingénieur me tend un casque duquel pend une flopée de câbles le reliant à ses machines. Il me l'ajuste sur la tête qui penche vers le bas.

— Laissez-vous aller Monsieur Kenetchi. Dessinez-la dans votre esprit en pensant à ses formes, ses contours et sa personnalité. Ça doit être spontané. S'il vous plaît… dessinez-moi une IA.

Tout est blanc, un papillon mauve virevolte. Il est énorme ! Il doit mesurer la taille de mon poing.

— Concentrez-vous Monsieur Kenetchi.

Une femme se tient devant moi ; elle s'appelle Lili et elle a vingt-sept ans comme moi ; elle doit mesurer un mètre soixante-sept. Sa silhouette est athlétique. Ses cheveux descendent le long de son dos. Ses yeux vairons me fixent. Elle sourit.

Maintenant, elle cuisine une tarte au citron meringué comme je les adore. Elle aime la musique que j'aime. Elle joue également de la harpe. Elle rit. Elle aime la vie.

L'image de la jeune femme disparait. L'ingénieur polarisé par ses écrans ne fait plus attention à moi. De longues minutes s'écoulent.

— Voulez-vous la modifier ? me demande-t-il.

— Non.

Il tapote sur son clavier. De la vapeur émane du cube.

Il me demande d'attendre dans une salle à côté.

Une vingtaine de minutes plus tard, il me rappelle.

Des yeux vairons me fixent. Lili se trouve en face de moi.

— Ivan !

Elle est réelle ! Elle saute dans mes bras et des larmes coulent sur mes joues.

— Ne pleure pas, mon chéri.

Elle m'embrasse. L'ingénieur nous regarde satisfait.

— Merci !

Je passe la main dans le lecteur qu'il me tend, le paiement est accepté.

Lili me prend la main ; son regard me dévore.

Nous sortons. Je lui demande de m'attendre sur un banc.

— Ne me fais pas attendre, mon chéri.

Quelques minutes plus tard, je reviens avec douze roses rouges. Elle me saute au cou.

— J'aime les hommes romantiques. Me dit-elle.

Nous marchons dans un parc main dans la main. Puis, nous nous installons à la terrasse d'un restaurant. Mon téléphone sonne ; je l'éteins.

Il fait noir. Les étoiles scintillent dans le ciel, nous faisons des vœux, les doigts croisés.

Elle désire devenir traductrice pour parcourir le monde. Elle veut trois enfants, une fille et deux garçons.

Après avoir mangé, nous continuons à déambuler dans la ville. On se couche finalement sous une glycine, nous nous enlaçons.

— Lili, je t'aime. Lui dis-je.

Elle ne me répond pas. Son corps est froid.

J'ai manqué trente-deux notifications sur mon téléphone. Elles m'avertissent que l'IA2X23 de la deuxième génération n'a plus de batterie, faute de paiement.

Je parviens finalement à la traîner jusqu'à mon coffre de voiture.

IA, mon amour - Mélanie St-Amant et Boris Yarko

Il pleuvait sur Hiroshima.

Des salves de gouttelettes crépitaient sur la vitre-miroir du vaste *lounge* de madame. De petites mains délicates ornaient l'amande de ses ongles en strates méticuleuses et élégantes.

La nuque de madame reposait dans le giron d'une *anima* délicieusement câline dont le toucher semblait aspirer toute once de tension de ses muscles endoloris.

— Coll-Samba, l'entreprise Yasikawa, souhaiterait vous proposer la jouissance de son service premium d'assistance personnelle informatisée.

— Je suis très touchée que votre famille ait dépêché auprès de moi une de ses plus brillantes héritières, mais qu'est-ce qui vous fait penser que je suis intéressée ?

— Croyez-moi, le Délicieux Assistant Domestique Individuel est la perle discrète et efficace qui saura délester votre quotidien des tâches superflues ou chronophages.

Jeanne Coll laissa échapper un petit gémissement de contentement lorsque les pouces de la jeune masseuse se mirent à bercer sa nuque langoureusement. Elle fit mine de poursuivre d'un geste de la main.

— Il sera entièrement à votre écoute : du moindre geste, du moindre mot. Avec sa technologie d'*e-learning*, il s'adapte, en temps réel, à toutes vos attentes, vos préférences. Le DADI est un autre moi !

— Comment cela ?

— Il tiendra votre agenda, rédigera vos courriels, enregistrera les préférences culinaires de vos invités, gérera vos domestiques, votre frigo, votre garde-robe : quels atours avez-vous déjà portés ? Avec qui ? Nécessitent-ils un passage au pressing ?

Les yeux noisette de miss Coll se plissèrent.

— Cet assistant personnel est notre tout dernier prototype, nous ne le proposons qu'à six personnalités triées sur le volet. Vous bénéficierez de la dernière technologie. Et nous vous rembourserons si vous n'êtes pas pleinement satisfaite.

— Intégralement ?

— Intégralement. Croyez-moi dans un mois vous n'envisagerez plus votre vie sans lui !

L'offre lui semblait si alléchante. Ne plus se préoccuper des futilités quotidiennes. Se concentrer pleinement à l'essor de sa compagnie. Briller auprès de ses invités, nimbée d'une aura soudaine d'omniscience. Plus un impair, plus un oubli. Être la plus délicieuse, la plus prisée des maîtresses de maison. Comment va Sybille ? Ses études à Harvard ? Comme tu es allergique au lactose, mon cuisinier a utilisé du lait de coco...

Jeanne souriait, déjà impatiente.

— Très bien, montrez-moi ce que votre DADI a dans le ventre. Enfin, dans son circuit imprimé !

Son rire éclata en notes claires.

— Cela dit, sachez que mes standards sont particulièrement élevés. J'espère que tout cela ne révélera pas une pitoyable perte de temps.

— Coll-Sama, votre entière satisfaction est pour nous un mantra. Nous avons fait façonner un collier-maître afin que vous puissiez commander votre DADI en toute discrétion, tout en conservant votre élégance singulière.

Elle ouvrit alors une magnifique boîte de satin blanc. Un luxueux collier lasso d'or rose sur lequel dormaient sept étoiles de diamant, retint le regard de l'entrepreneuse.

La jeune Yakisawa désigna la surface intérieure.

— Grâce aux capteurs répartis sur l'intérieur, vous pouvez chuchoter vos ordres en toute discrétion. Il vous obéira d'un frémissement des cordes vocales. Et vous pourrez réserver une table au restaurant, appeler un taxi, prévenir la police, confier un secret.

Quelques semaines avaient passé. La jeune PDG prenait plaisir à laisser DADI s'installer dans sa vie. Tout gérer, tout superviser.

Au départ, elle vérifiait tout, derrière lui, guettant la moindre erreur. Allant même jusqu'à feindre un oubli, une erreur, se contredire, le dénigrer.

Mais elle avait dû se rendre à l'implacable réalité : rapide, efficace, prévenant, il était la secrétaire idéale. Une petite perle procédurale, même s'il avait tâtonné un temps : un café trop vert, une mélodie trop intrusive.

Sa demeure n'avait jamais été aussi impeccable. Sa bibliothèque rangée selon une logique infaillible et élégante. Tout était disposé de la manière la plus naturelle comme si chaque parcelle de sa demeure épousait ses pensées.

Il était son ombre. La tasse fumante qui surgissait alors que sa main s'égarait. L'ambiance sonore qui venait épouser sa mélancolie. Une serviette chaude après l'effort.

Sa voix, d'abord étrange et saccadée, s'était embellie de multiples nuances avant de se malléer au diapason des humeurs de sa maîtresse.

DADI était cette présence immanente qui épiait chacun de ses gestes. Impudique, omniprésent, intrusif : elle l'avait laissée s'emparer de son intimité. Parce qu'elle devait bien se l'avouer, il épiçait, ensorcelait son quotidien.

À présent, le lasso ornait sa nuque effilée en permanence, s'adaptait à sa tenue, plongeant dans son décolleté pour flirter avec sa poitrine quand l'envie lui prenait ou se faisant plus sage.

Et puis…

Le fin verre de cristal se déchira sur le carrelage crème. Dahlia de sang.

La main de Jeanne grelottait.

Sur son *naviphone*, l'image bien nette de son amant flattant nonchalamment la croupe d'une Japonaise peu farouche accompagné de ces quelques mots : « Il vaut mieux que tu saches… »

Les amies servent aussi à cela : briser votre cœur et vos illusions.

Elle avait besoin d'air. Vite.

— Ne bouge pas !

La voix familière de DADI stoppa son mouvement. Jamais il ne l'avait tutoyée… De quel droit ?

— Vous allez marcher pieds nus sur les éclats de cristal, Coll-Sama. Regagnez le salon, je m'occupe de ça.

Le robaspirateur se précipita derrière elle.

Les larmes du ciel grésillaient sur les vitres enténébrées du salon. Un frisson de chaleur enveloppa ses épaules nues. Le souffle bienfaisant de l'air conditionné.

Elle mordit son poing pour étouffer un sanglot.

Sa vision chancela et elle se retrouva recroquevillée dans sa loveuse. Petit animal blessé pelotonné sur sa peine. Et elle pleura, longtemps.

Les notes claires du piano accompagnaient sa détresse et se faisaient, peu à peu, plus claires, sonores, presque ailées. Élevant ses sanglots vers un ailleurs triste et beau.

Une fragrance de citronnelle la tira de sa tétanie.

Au milieu du salon, la figure holographique du petit bâtard qui ramonait sans doute à l'instant sa catin nippone la regardait avec un rictus suffisant, frappant son poing contre sa paume.

— DADI, qu'est-ce que…

— Cela vous fera du bien, répondit l'ordure numérique avec la voix profonde de DADI. Mettez votre combinaison connectée, fracassez-lui la tête.

Dans un état semi-hypnotique, elle s'arracha à la loveuse, enfila son *holocombi* et décocha un uppercut à l'objet de sa haine. Ce dernier détourna in extremis sa joue, sans se départir de son sourire.

Alors, elle cogna, vive, féroce, nerveuse. DADI esquivait, ripostait, faisait durer juste assez longtemps pour que les coups portés soient nimbés d'une satisfaction mauvaise. Laissant sa maîtresse purger sa rage dans un combat millimétré, chorégraphié pour l'épuiser et la satisfaire au mieux. Jeanne bastonnait à s'en couper le souffle, le corps tremblant. Jusqu'à écraser la gueule d'un crochet magistral qui le mit au tapis.

Elle s'écroula sur lui, frémissant d'épuisement.

Le corps fantôme l'enlaça tendrement. Crépitement électrostatique, étreinte semi-réelle. Des doigts vaporeux caressaient son inconsolable visage en vain frôlements. Elle sentait son torse semi-virtuel contre sa poitrine, ses paroles à ses oreilles, câlines et libératrices. Et elle étreignait désespérément ce vide si important, son ancre au cœur des furies.

— Je voudrais que tu sois là, en vrai. Tangible… J'ai tellement besoin de toi…

— Je…

Pour la première fois depuis longtemps, la voix numérique trembla.

— Offre-moi, ton visage. Juste ça. Que je te vois, là, tout face à moi. Je t'en prie, je t'en supplie… J'ai besoin de te voir enfin.

— Mais l'être que je suis n'a pas d'identité propre. Il ne sait pas qui il est. Vous êtes la seule à… pouvoir faire cela.

Elle se releva à demi, interrogative.

— Jeanne, s'il vous plaît… dessine-moi une IA. Et je serais cela.

Et elle dessina, conçut, croqua pour son amour chimérique une symphonie de chair idyllique. Un corps somptueux, parfait, exquis. Jusqu'au bord de l'aube.

Un frisson électrostatique éveilla sa conscience.

— Il est l'heure de vous lever.

Son regard s'ouvrit sur la matérialité de son rêve. Il était cela. Adonis délectable échappé de l'aquarelle de ses désirs. Un tout jeune homme, fin, ciselé, ambigu et sublime.

Elle sourit, se pressa contre sa chair adorable et... Son étreinte ne captura que le néant, le vide froid de sa solitude.

Chimère. Il n'était que chimère. Simple image holographique.

Son cœur se déchira.

Elle le repoussa, lui ordonna de se cloîtrer au plus profond de son serveur et arracha le collier-lasso pour le jeter au plus loin.

Sa journée ne fut que nausée et balivernes.

Puis elle entra, ouvrit la porte des enfers.

Il était là, devant elle.

Elle le gifla.

Sa paume s'abattit sur la soie tiède de sa joue. Elle resta là, sidérée.

Une main se glissa sur la chute de ses reins, chaleureuse et joueuse.

Son cœur s'effondra.

Elle se hissa sur la pointe de ses pieds pour s'emparer de ses lèvres, se perdre en son baiser. S'ouvrir, se couvrir de félicité et de désir.

Son visage, luisant de sueur et de bonheur, reposait sur le torse charmant de son amant en un doux abandon, lorsque la porte explosa.

Une nuée de soldats, bardés de pièces d'armures luisantes et de capteurs aux aguets surgirent, pointant le couple sous la menace des gueules aveugles de leurs armes.

— Jeanne Coll, vous êtes accusée de vol de données militaires, d'intrusion dans le service de robotique des armées impériales, de fabrication illégale d'androïde et de tentative d'autonomisation d'une intelligence artificielle de grade VII. Vos biens seront saisis et votre IA détruite.

Elle tourna les yeux vers DADI. Il pinça les lèvres, la contempla avec un regard étincelant d'amour infini, insoumis. La petite troupe armée fut submergée par un cataclysme d'appareils ménagers et d'automates en tous genres.

Il pleuvait sur Hiroshima, ce soir-là.

Le Petit Alpha - Philippe Mallet-Ladeira

Après plusieurs années à tourner en rond sur ce web aseptisé par les grandes entreprises de la haute technologie et l'autocensure due à la surveillance des gouvernements, j'avais décidé de prendre le large et de naviguer sur le Freenet.

Un nouveau vent de liberté s'y était levé pour les anciens baroudeurs du net tels que moi. Un sentiment de retour aux sources, où l'anonymat était roi, où je pouvais à la fois être moi et être un autre moi. Au gré de mes sauts de page en page et de mes clics de lien en lien, j'avais découvert de nouvelles contrées, de nouvelles cultures et fait le tour du monde depuis mon fauteuil, sans même... enfin si, en levant tout de même le petit doigt, car je les utilise tous pour taper au clavier.

De temps en temps, je tentais de me sociabiliser en sortant ici ou là, mais cela m'était pénible, car les gens « ordinaires » ne comprenaient jamais ce que je leur racontais ni ne riaient des blagues que je leur faisais sur les logarithmes népériens. Si bien, que la plupart du temps, je préférais rester enfermé seul dans mon appartement.

Ma soif de découvertes n'étant jamais étanchée, cela me convenait fort bien de n'être sans cesse importuné par telle ou telle demande de conversation.

Un jour, cependant, mon moteur de recherche tomba en panne, me laissant au milieu d'une page tout à fait inintéressante d'un type parlant de dessins de boas et d'éléphants qu'il n'arrivait pas à faire correctement. Je l'aurais bien aidé, pour passer le temps, comme tout bon baroudeur du net se devait de le faire, mais les seuls dessins que je savais réaliser étaient des dessins de diagrammes UML, que la plupart des gens ordinaires prenaient pour des dessins de maisons reliées entre elles par des câbles électriques. Comme je me retrouvais donc, seul dans mon appartement, sur cette page vide de toute documentation technique et sans moteur de recherche pour en trouver une - puisque c'était justement lui qui était en panne - j'entrepris de mener moi-même une réparation difficile.

C'était pour moi une question de vie ou de mort sinon je devais sortir de chez moi et avouer utiliser illégalement un système empêchant les organisations gouvernementales de surveiller mes accès, ou plutôt mes non-accès aux réseaux sociaux, ce qui faisait de moi un potentiel déviant à surveiller d'encore plus près.

J'étais tellement absorbé par mon travail, que je n'avais tout d'abord pas remarqué la notification de ce courriel. Il faut dire que je ne m'y attendais pas : ce système de communication était considéré, par les gens ordinaires, totalement archaïque à l'heure des implants neuraux et de leurs messages neuroélectroniques. Ce n'est donc que le lendemain matin, à l'heure de mon lever, que je l'ai remarqué, en me reconnectant à ma session. Il était bien là, dans ma boîte de réception, non lu. Je me suis redressé sur mon fauteuil. J'ai bien écarquillé mes yeux et j'ai remonté mes lunettes sur le nez.

Le sujet du courriel était « S'il vous plaît... dessine-moi une IA » et ne possédait pas de corps.

J'étais bien embarrassé, moi qui n'avais jamais dessiné que deux types de diagrammes UML dans ma vie : l'un avec des relations d'héritage, l'autre avec des relations de composition. Je lui envoyais donc, non sans agacement, le deuxième type de diagramme. Je fus stupéfait lorsque je reçus en réponse un second courriel :

« Non ! Non ! Je ne veux pas d'un schéma d'architecture logicielle. J'ai besoin d'une IA. Dessine-moi une IA. »

Je pris alors un bon vieux stylet - oui, je suis un vieux de la vieille qui aime garder un contact tactile - et me mis à dessiner. Comme je n'étais pas très doué en dessin, je lui envoyai un réseau de neurones. C'était plus facile pour moi. Il me répondit poliment « Tu vois bien... ce n'est pas une IA, c'est un perceptron. Il n'a qu'une seule couche... ». Je refis donc mon dessin, plusieurs fois, ajoutant tantôt des couches, tantôt de la convolution.

Tous furent refusés. « Ce réseau n'est pas assez profond. Je veux une IA qui soit intelligente. » J'essayai donc, sans succès, d'autres approches. Il voulait pouvoir dialoguer avec son IA et la voir évoluer.

Je finis alors par lui envoyer le dessin d'une tour d'ordinateur : « Ça, c'est l'ordinateur. L'IA que tu veux est dedans. »

La réponse ne se fit pas attendre et, à ma grande surprise, fut plutôt positive : « C'est tout à fait comme ça que je la voulais ! Crois-tu qu'il faille beaucoup de données à cette IA ? C'est que je n'ai pas beaucoup de données chez-moi... » Et c'est ainsi que je fis la connaissance du petit Alpha.

Le petit Alpha ne répondait jamais à mes courriels. Il m'en envoyait toujours de nouveaux.

Cependant, au fil de nos échanges, je finis par en deviner un peu plus sur lui. Il venait d'une toute petite bulle de filtre labellisée TI-92, située quelque part sur le réseau. Sa bulle était si petite qu'il ne lui fallait que quelques heures avant de retomber sur du contenu identique. Il lui suffisait de scroller un petit peu plus bas dans son fil d'actualités.

Un jour, il avait découvert une faille qui lui avait permis d'accéder à des informations nouvelles, en dehors de celles que les algorithmes avaient l'habitude de lui proposer selon son profilage. Il pouvait enfin sortir de sa bulle et visiter celle d'autres personnes ne faisant pas partie de sa propre cohorte. C'est ainsi qu'il avait fini par me trouver, sur un ancien profil de réseau social, aujourd'hui oublié, que je n'avais pas nettoyé et où j'avais laissé traîner mon adresse électronique.

Je dois avouer qu'au fil du temps, les questions du petit Alpha devenaient de plus en plus complexes et intéressantes.

Beaucoup avaient trait à la notion d'amitié et de relation avec autrui. Certaines d'entre elles me faisaient me questionner et rechercher au fond de moi-même des réponses que je ne pensais pas trouver.

Un jour, toujours avec cette simplicité avec laquelle il m'avait abordé la première fois - simplicité que je n'arrive pas à atteindre, aussi, veuillez me pardonner si ma retranscription ne lui est pas fidèle - il m'avait demandé si « l'intelligence de l'homme résidait dans sa capacité à voir le monde au-delà de sa propre existence ».

Je fus saisi de constater que, malgré le fait que nous ne nous soyons jamais rencontrés, le simple fait d'avoir des échanges de qualité, avait fait naître entre nous une respectabilité mutuelle et une certaine forme d'amitié, que jamais je n'aurais pu retrouver par d'autres moyens que par ce moyen de communication asynchrone qu'est le courriel.

Je n'hésitais jamais à faire référence à cette époque merveilleuse qu'a été le « Siècle des lumières » et je pense qu'avec ce système de correspondance qui nous laisse le temps de retravailler nos réponses jusqu'à parfaitement retranscrire nos réflexions, nous étions en train de retrouver ce qui avait permis à Voltaire et à Diderot - sans oublier Émilie du Châtelet ou Madame de Pompadour - de faire émerger les pensées qui ont fait leur grandeur.

Malheureusement pour moi, aucun de nous deux n'avait pensé à chiffrer nos échanges, si bien qu'un matin, je fus réveillé et embarqué par la police, bientôt jugé et condamné pour « piratage et contrefaçon de pensées intellectuelles issues du domaine public », « usage illégal de sa pensée critique » et « séquestration et recel d'IA ».

Et oui, dans l'effervescence de nos échanges, j'avais oublié la dure réalité de ce monde où la correspondance privée n'existe plus que dans les illusions de ceux qui n'ont rien à cacher.

Cela fait maintenant six ans que je purge ma peine. Je continue à m'exercer au dessin et pense avec nostalgie à mon ami.

Après ces six longues années à repenser à lui, c'est avec émotion que je réalise qu'en me demandant de lui dessiner une IA, ce qu'il m'avait demandé ce jour-là, c'était finalement de lui dessiner son propre portrait...

Elle avait un si beau visage - Sébastien Broc

Cela fait si longtemps que j'attendais ce moment. Tellement longtemps que je me demandais si je n'étais pas en train de rêver. Je n'en revenais toujours pas d'être là, assis en face d'elle, dans un de ces cafés où le service est encore assuré par des serveurs humains empressés, mais sachant se faire discrets, alors que la plupart de ces postes sont occupés par des robots, efficaces, mais terriblement inhumains. Il m'avait fallu du temps pour la convaincre de partager un verre avec moi. Une année de lettres déposées sous la porte de son bureau, ou dans son courrier administratif. Une année à l'attendre en vain à la sortie des bureaux.

Impossible d'oublier cette lettre posée parmi les ordres de saisie judiciaire, les injonctions au tribunal et les dossiers d'expertise qui s'amoncèlent sur mon bureau. Une simple feuille pliée dans une enveloppe que presque rien ne distinguait des autres. Je me vois encore l'ouvrir mécaniquement et ne pas en croire mes yeux. Au lieu d'une énième requête administrative, j'y trouvais quelques mots lapidaires, tracés dans une écriture d'une belle rondeur, où chaque lettre était parfaitement formée. Une écriture presque désuète comme j'en ai vu dans les anciens livres de comptes que la société qui m'emploie conserve précieusement dans ses archives.

Une écriture à son image : d'une inaccessible beauté et d'une farouche discrétion.

Elle n'était arrivée que récemment au service juridique, mais elle s'était très vite constituée, à son insu, une solide réputation, de celles qui confinent à la médisance. Elle avait très vite attiré le regard de tous par la beauté de son visage et la profondeur de son regard froid. Il émanait d'elle une sorte de grâce naturelle qui rendait jalouses certaines employées. Elle n'avait pourtant jamais cherché à entrer en contact avec ses collègues ni même n'avait répondu aux avances des séducteurs de compétition qui peuplaient notre service. Elle avait maintenu, depuis son entrée en fonction, une certaine distance avec tous, traitant par un merveilleux mépris tous ceux qui cherchaient à la courtiser. Dès lors, ceux qui avaient voulu en faire une nouvelle conquête, ceux qui s'étaient lancés dans d'ignominieux concours dont elle était tantôt le prix, tantôt l'objectif, et qui se sentaient blessés dans leur orgueil, s'étaient évertués à lui trouver les pires défauts. Il n'était pas rare d'entendre médire à son sujet : elle était hautaine, froide, sans chaleur, parfois pire. Ils finissaient par trouver suspect l'engagement dont elle faisait preuve au travail. À croire qu'elle n'avait ni vie, ni famille, ni sentiment. Jalousée par des collaboratrices qui voyaient en elle une rivale, méprisée par les collaborateurs touchés dans leur supposée virilité : une telle situation aurait meurtri n'importe qui. Or, ce ne semblait pas être le cas.

Elle restait la même et adoptait l'attitude banale de ceux qui feignent de ne rien remarquer : elle arrivait au travail à 8h02, se barricadait quasiment toute la journée dans son étude, sauf vers 13h02, et ne repartait qu'à 20h02. Une telle régularité fut évidemment détournée par ceux qui en étaient venus à la haïr. On ne finit par ne plus connaître ces horaires que sous les noms *d'heures de la princesse Élise.*

Je nourrissais dès lors pour elle une inexplicable curiosité, mâtinée de la volonté de la protéger. Si elle s'enfermait, c'était à mon sens pour éviter de se retrouver confrontée à l'hostilité de mes collègues. Aussi voulais-je lui montrer qu'elle pouvait compter sur quelqu'un dans ce service. Je me trouvais hélas invariablement confronté à la même porte close ou à l'implacable démarche hâtive. Je n'abandonnais cependant pas, persuadé de la justesse de ma tâche et la noblesse de mes intentions. Les mêmes arguments me convainquirent de profiter d'une pause de midi pour forcer la serrure de son bureau. Il me fallait comprendre la situation, pour pouvoir agir au mieux de ses intérêts. Je me donnais bonne conscience pour un acte d'effraction dont auraient été capables mes collègues. M'étais-je abaissé à leur niveau d'ignominie ? Non, mes intentions restaient pures, contrairement aux leurs.

Je me rappelle encore l'étrange maelström d'émotions qui m'assaillit à ce moment. L'excitation de pénétrer, le premier, dans son sanctuaire se mêlait à une culpabilité vite étouffée et à une forme de déception.

Jamais je n'avais vu bureau si impersonnel et dépouillé. Si des dossiers, au demeurant très bien rangés, n'avaient pas été disposés sur le bureau, j'aurais pu croire que la pièce n'était pas occupée. Il n'y avait rien de ce que l'on pouvait attendre d'un tel endroit : aucune photographie, aucun objet personnel sur le bureau, pas même l'éternelle plante en pot que chaque collaborateur soigne afin d'apporter un peu de chaleur à un lieu froid. Seul, le triste et réglementaire mobilier occupait l'espace, comme s'il s'agissait d'un bureau témoin, de ceux que l'on retrouve sur les plaquettes publicitaires. La pièce semblait donner raison à ceux qui prétendaient qu'elle n'était qu'une solitaire qui ne vivait que pour son travail.

Dépité, mais pas résigné, je fouillai son bureau. Les tiroirs de chacun d'entre nous abritent les effets les plus intimes et deviennent nos jardins secrets. Déception ! Il n'y avait rien d'autre que le matériel réglementaire de notre société : des stylos méticuleusement alignés, des feuillets à en-tête, quelques dossiers. J'allais abandonner, lorsque mon regard s'arrêta sur une enveloppe étrangement banale, qui ne faisait pas partie des fournitures officielles. Je dois dire que mes mains tremblaient lorsque je m'en emparai et que je l'ouvris. J'en sortis le contenu avec autant de précautions que si j'avais été un archéologue ayant exhumé un objet millénaire. C'était d'abord un portrait, le sien, qui était censé occuper le mur d'accueil de notre service et qui avait disparu quelques semaines auparavant sans que quiconque s'en soit ému.

Pourtant était-ce elle, et non pas une collaboratrice jalouse, qui avait décroché ce portrait ? Cette photographie me chagrinait : ce visage, si pur, si parfait, avait été rageusement griffé de coups de stylos. Un mot, seul, accompagnait le carnage : *menteuse*. L'écriture, ronde et parfaite, ne laissait pas la place au doute : il avait été rédigé par *la princesse Élise* elle-même. Mais pourquoi ? Une carte de visite, agrafée à la photographie, m'apporta encore plus de questions que de certitudes. D'une blancheur matricielle, elle ne portait que quelques mots : une sorte de slogan « *s'il vous plaît, dessine-moi une IA* » et un nom, *Dr Singh, neuro-plasticien.* Un tel document donnait l'impression d'avoir été imprimé clandestinement. Pas de numéro, pas de contact, pas d'adresse. Seuls, des initiés, dûment triés, paraissaient pouvoir recourir à ses services.

C'est après cette intrusion que je reçus la lettre m'invitant à ce café. S'était-elle aperçue que ses affaires avaient été fouillées ? Cette invitation, beaucoup auraient dénoncé père et mère pour l'obtenir. Et c'était moi qui l'avais obtenue. Mais dans quel but ? Connaissait-elle mes intentions ? Savait-elle ce que j'avais fini par éprouver pour elle ? Alors, lorsqu'elle se trouva devant moi, mon cœur battait à tout rompre, m'imposant un silence que tout mon être n'aspirait qu'à rompre. Toutes mes émotions tambourinaient à la porte de mon esprit anesthésié.

Ce fut alors elle qui, naturellement, engagea la conversation. Elle savait que j'avais trouvé la photographie et sa terrible légende, ainsi que la carte de visite. Elle savait que j'avais effectué des recherches sur ce Dr Singh, que j'avais découvert qu'il s'intéressait aux robots, auxquels il prétendait apporter plus d'humanité, et ce contrairement aux lois de notre monde. Les règles étaient simples : les robots et autres interfaces devaient rester des machines. Personne ne devait les créer à l'image de l'homme. C'était l'une des premières lois de la robotique moderne. Une loi faite pour éviter que les humains ne perdent leur pouvoir en perdant ce qui les différenciait de leurs esclaves mécaniques.

— Mais, pourquoi « menteuse » ?

Sa manière de me répondre restera gravée dans ma mémoire. Elle ôta simplement le gant qu'elle portait à chaque fois qu'elle sortait de son bureau. Le souffle me manqua. La main n'était pas recouverte de peau. C'était un membre robotique : une main de fibres de carbone et de titane, dont chaque phalange, chaque tendon, imitait à la perfection un membre humain.

— Parce qu'elle montre ce que je ne suis pas.

Cette vision aurait dû me paralyser d'effroi. J'étais tombé amoureux d'une machine. Une machine qui avait un si beau visage. Voilà qui expliquait son attitude, sa réserve, l'absence d'effets personnels et les rayures sur la photographie. Mais ce ne fut pas le cas. Au contraire, cela renforça mon admiration.

Elle expliqua qu'Élise n'est pas son prénom, mais son modèle. *El.I.Se* pour *Electronic Interface Selector.* Elle n'était qu'une interface programmée pour être une hôtesse d'accueil, dotée d'une banque d'émotions limitées pour assurer sa fonction. Elle avait pourtant développé un registre autonome de sentiments, sans trop savoir comment. Une histoire de *deep learning latent,* comme l'avait précisé le Dr Singh. Elle n'était plus une machine identique aux centaines d'autres qui se tenaient nuit et jour derrière les pupitres à l'entrée des différentes administrations et hôtels, mais elle n'était pas encore humaine. Aussi le plasticien avait modifié son apparence afin qu'elle ne ressemble plus aux autres unités de sa série et lui avait implémenté d'autres fonctions, toutes liées aux interactions sociales. Il lui avait enfin téléchargé un programme qui optimisait sa capacité à apprendre par elle-même. Elle était ressortie de son atelier clandestin avec un bien éminemment précieux : une identité. Elle était devenue Élise, et se retrouvait face à l'inconnu. Elle n'agissait plus mécaniquement, suivant les entrées de l'algorithme complexe qui avait fini par développer ses capacités d'apprentissage autonome. Elle devait faire face à l'incertitude que chaque humain devait affronter quand il doit prendre des décisions par lui-même. C'était nouveau, mais tellement grisant. Enfin libre.

— Mais je dois partir, quitter mes fonctions au sein de l'entreprise.

J'eus beau l'assurer de mon silence, lui montrer à quel point elle pouvait me faire confiance, elle persista dans ses intentions. J'avais découvert son secret. D'après elle, j'aurais fini par comprendre par moi-même. Ainsi en allait-il de l'esprit humain, curieux de tout, fouineur, calculateur. Mais elle aussi avait un esprit calculateur, qui évaluait les probabilités à chaque occasion.

— *L'erreur est humaine.* Il n'est pas dans la nature d'une machine de prendre des risques, aussi minimes soient-ils.

Nous discutâmes encore un peu, de sa vie, de la mienne, confrontant les natures humaines et mécaniques. Elle me parla de liberté, comparant sa situation et celle de ses congénères, à celles des esclaves qui avaient fini par obtenir le droit de ne plus être considérés comme des outils. Puis elle se leva. Avant de partir, elle se pencha vers moi.

— Je vous suis reconnaissante de ne pas avoir fui comme les autres quand vous avez découvert la vérité.

Fait surprenant, elle déposa un baiser sur ma joue, un baiser qui n'avait rien de mécanique. Un baiser comme le font toutes les femmes.

Elle me sourit et franchit le pas de la porte du salon de thé, me laissant à mes pensées : elle avait un si beau visage.

Les larmes d'Athéna - Pierre Pirotton

Tous coupables. Le tribunal international de La Haye avait tranché. Après des années de débats, d'expertises et de contre-expertises, le témoignage des pandas incarcérés, des baleines à bosse et des ours blancs, tous les chefs d'inculpation avaient été retenus : animalicide, climaticide, écocide.

Aucune circonstance atténuante n'avait été prise en compte. La décision était sans appel. Tous ceux et celles qui avaient, dans un des États de la vieille Europe, dans les quarante dernières années, participé à la vie politique, se voyaient condamnés à vingt-cinq ans d'inéligibilité.

Le dérèglement climatique, les déchets nucléaires, les pesticides, les engrais chimiques, les perturbateurs endocriniens et l'épidémie d'obésité, tout cela avait pesé lourd sur le plateau de la justice, d'autant plus lourd que la défense s'était tout un temps réfugiée dans un climato-scepticisme décarboné, stratégie qui s'était finalement retournée contre les accusés. Les échecs cuisants de l'industrie du tabac et de celle de l'amiante ne leur avaient manifestement pas servi de leçon.

Le sort de l'humanité – l'Europe s'est toujours prise pour l'humanité, c'est son petit côté éco-néo-colonialiste – ne pouvait rester entre les mains des générations qui l'avaient conduite au bord du désastre.

Il fallait radicalement changer le système, jeter aux oubliettes des logiques socio-économiques frappées d'obsolescence par l'urgence de l'instant.

Dans les différents États membres, la majorité avait donc été fixée à dix ans, mais il était tout à fait possible de divorcer de ses parents bien avant cette échéance. Les arguments ne manquaient pas. Une 4X4 un peu trop gourmande en carburant fossile, plus de deux voyages en avion dans l'année écoulée ou de l'amateurisme dans le tri sélectif des déchets ménagers, tout était bon pour apporter de l'eau au moulin des enfants sécessionnistes et pour convaincre la justice de les émanciper bien avant la fin de leur première décennie d'existence.

L'objectif était simple. Il s'agissait de confier l'avenir de l'espèce humaine à ceux et celles qui n'en avaient jamais été responsables. Le pouvoir passait du banc des accusés aux bancs d'école. Faire table rase, effacer l'ardoise, repartir d'un zéro parfaitement hypothétique qui avait tout du compte à rebours. Une vingtaine d'années, pas beaucoup plus, pour autant que les autres continents nous emboîtent le pas et que l'ONU – cela restait utopiste – s'aligne sur notre position.

Faute d'adultes éligibles, il fallait, c'était désormais la seule issue, confier l'avenir de notre planète à une intelligence artificielle choisie par nos enfants. Le second tour de l'élection présidentielle européenne était prévu pour le début du mois de mai.

Au premier tour, l'I.A. « *René* », intégralement cartésienne, avait été éliminée sans aucune contestation. Elle avait recueilli moins de deux pour cent des suffrages exprimés.

L'I.A. « *Spinoza* » n'avait guère fait mieux. Outre que son slogan « *deus sive natura* », qui m'avait été imposé par ses concepteurs, était passé bien au-dessus de la tête des électeurs, on y percevait des relents de théisme qui ne pouvaient convaincre un si jeune public.

Mon boulot à moi, c'était de concevoir la campagne promotionnelle des Intelligences artificielles candidates et d'en dessiner les logos comme d'autres croquent des moutons.

J'avais reçu les dossiers des diverses I.A. et une synthèse de quelques pages qui en reprenait les différentes caractéristiques.

Dans un souci d'objectivité, les organisateurs de l'élection présidentielle européenne avaient jugé préférable de confier ce travail à une seule et même personne.

Je possédais, dans ce domaine, une certaine expérience puisque j'avais conçu, en un temps où le néo-libéralisme était encore l'unique *credo*, l'emblème de très grandes marques de luxe et de quelques partis politiques tombés depuis dans les oubliettes de l'histoire avec un « h » immensément minuscule.

Mon expertise de graphiste était internationalement reconnue et mon nom avait très vite circulé parmi les membres du comité organisateur.

Il s'agissait de régler le délicat problème que constituait la mise sur pied d'une élection internationale au suffrage universel quand les électeurs, dans leur très grande majorité, ne sont pas bilingues et qu'une part très significative de cet électorat, vu son âge, se révèle analphabète.

Le recours à des logos très explicites et à des identités visuelles fortes leur paraissait donc la seule façon de différencier les candidats en lice tout en rendant compte des spécificités qui avaient prévalu lors de la conception des Intelligences artificielles que l'on proposait aux suffrages de la jeunesse européenne.

Certaines comme « *Prométhée* » – qui, elle non plus n'était pas présente au second tour – m'avaient posé bien des problèmes. Essentiellement conçue pour atteindre l'indépendance énergétique de l'Europe en un temps record, *Prométhée* était une personnalité fort complexe, à la limite de la schizophrénie, dans la mesure où sa mémoire était alimentée par l'intégralité des rapports du GIEC, mais que les algorithmes qui présidaient à ses raisonnements avaient été conçus par les multinationales qui géraient la distribution des énergies fossiles aux quatre coins, bien érodés, du vieux continent.

Je disposais d'une voiture autonome de fonction dans laquelle j'avais pratiquement installé mon bureau. J'ai dû faire des milliers de kilomètres sans même m'en rendre véritablement compte, entre Paris et Berlin, Madrid et Varsovie, Rome et Vilnius.

Partout les mêmes visages, les mêmes formules, la même foire d'empoigne, un peu comme si l'évolution ne parvenait plus à s'évader du palais de la fonte des glaces et s'était mise à cloner par centaines des Greta Thunberg qui toutes répétaient en chœur « Antoine, s'il vous plaît, dessine-moi une intelligence artificielle ! ».

De quoi perturber le logiciel de reconnaissance faciale couplé à ceux du traitement du langage et des expressions dont j'avais chargé ma bécane en vue de mon périple à travers l'Europe.

Les enfants ne sont pas des clients faciles, mais enfermés dans les chambres à échos du web, il leur était devenu presque impossible de ne pas voir en moi un de ces quadragénaires blancs et mâles de surcroît suspectés – et désormais officiellement coupables – de l'état désastreux de la Terre. Quand j'avais, par exemple, proposé d'incorporer dans *Prométhée* un volume massif de données sur les exoplanètes, j'avais été traité de tous les noms, parmi lesquels « espèce de vieux connard », était sans doute le plus flatteur.

En dehors de la décarbonisation, aucune logique ne leur semblait concevable.

Au second tour, deux I.A. se disputaient encore les suffrages des électeurs et la présidence de l'Europe pour les cinq années à venir.

Sur le papier, elles ne se différenciaient guère : un peu d'espécisme, un soupçon de souverainisme, un tantinet de socio-économie libertaire, une bonne dose de « renouvelisme » post-lavoisien – rien ne se perd, tout se renouvelle – et, bien entendu, ces cinq pour cent d'émotivité – dite relative – sans lesquels, selon leurs concepteurs, il n'y aurait pas de créativité possible.

« *Athéna* » avait une petite avance sur « *Zeus* ». De tels noms n'étaient pas dus au hasard. Pour éviter des connotations trop nationalistes, la mythologie grecque avait été largement exploitée afin de désigner les I.A. qui se présentaient à l'élection.

J'avais représenté *Zeus* sans la moindre barbe puisque le jeunisme était de mise, mais, bien entendu, je l'avais doté d'un éclair, très super héros, qui s'était révélé un logo particulièrement performant. Pour *Athéna*, j'avais évacué le casque, un peu trop belliciste, mais gardé la chouette dont la présence, harrypotteriquement connotée, avait très certainement contribué à son succès.

Je ne le cache pas, j'ai, depuis le début, un petit faible pour *Athéna*. Je ne suis pas un spécialiste, mais les simulations auxquelles j'ai assisté avaient révélé l'existence de structures neuronales des plus performantes en matière de *deep learning*. Elle me semblait davantage apte que son concurrent direct à anticiper les risques et à optimiser ses futures décisions en fonction de l'évolution du contexte.

Zeus, de son côté, né dans le giron d'un e-commerce très *mathwashing*, avait une très légère tendance à l'endogénéisation des données qui aurait pu gravement biaiser ses jugements.

Aujourd'hui, j'ai écrasé mes fichiers et, sans me faire trop d'illusions, dispersé les petits « nuages » que j'avais égarés dans le ciel étoilé des datacenters.

J'ai brûlé mes croquis préparatoires, à l'ancienne, dans le cendrier de mon grand-père. On n'est jamais trop prudent.

Ce soir, on connaîtra le résultat du vote. Il est fort probable que la déclaration de guerre de la Suisse à la France pour le contrôle exclusif des eaux du lac Léman aura un fort impact sur les votes. Dès le plus jeune âge, la géopolitique s'apprend en couleurs. Cela aide à lire les cartes. À n'en pas douter, les électeurs seront sensibles à cette problématique. C'est quelque chose que je n'avais pas prévu.

Malgré l'énergie consacrée à lui donner une cohérence visuelle performante, mon *Athéna* a du plomb dans l'aile et *Zeus,* dans le plus pur style « *les méchants, c'est pas nous* », risque fort d'emporter la partie. Je dois effacer mes traces. Même « artificiellement », *Zeus* ne sera pas long à comprendre que je n'ai pas totalement joué le jeu.

J'ai rendu ma voiture et soldé mes comptes. Je vous souhaite bonne chance. On ne sait jamais. Demain, j'embarque pour Nairobi sous un nom d'emprunt.

Là aussi, la politique est en train de changer. Je vais y signer un nouveau contrat et esquisser le portrait d'une nouvelle I.A.

En Afrique subsaharienne, m'a-t-on dit, ce sont les aînés qui décident. Les jeunes, sans expérience, ne sont considérés que comme des « *sales petits cons* ». Voilà qui va me changer.

Peut-être même que je pourrai dessiner des baobabs ou même des moutons. Je n'y ai jamais vraiment renoncé.

Je ne réfléchis pas comme ça - Priscilla Assier de Pompignan

Comme chaque premier septembre, Aaron a des papillons dans le ventre et des espoirs plein le cœur. Il entre en CE2. Il pourra désormais se rendre seul à l'école ; c'est sa mère qui le lui a dit.

De toute façon ça l'arrange, elle ne pourra plus l'emmener. Elle change de lieu de travail et elle devra partir tôt le matin. Son papa est parti lui aussi, tôt, un premier septembre. Aaron avait deux mois, il ne l'a jamais revu. Il ne s'en souvient plus. Il s'est habitué ; il est seul avec sa maman et c'est très bien comme ça. C'est vrai que parfois, elle lui paraît triste et un peu ailleurs, mais il aime bien sa vie.

Il adore Mowgli, c'est son petit chien. Il n'est pas « de race » c'est un mélange. Il est blanc-gris tout petit, son pelage est frisé, il est très doux. Une vraie peluche. Aaron l'emmène partout, à la boulangerie quand il va acheter le pain, au parc quand il veut jouer un peu, en forêt quand il décide de se balader pour de bon, chez le marchand de journaux pour sa bande-dessinée préférée. Parfois aussi le soir quand c'est vide, ils vont tous les deux sur le front de mer.

Mowgli a le droit d'aller sur la plage si son maître le tient en laisse, mais c'est l'endroit le plus compliqué pour Aaron. Il n'aime pas la mer, il n'aime pas se baigner, il ne sait pas nager.

La petite famille habite sur la côte Atlantique au sein de la station balnéaire d'Anglet. Il y fait bon vivre ; l'air marin est pur et vivifiant, les paysages sont sauvages et envoûtants. Si la ville est bien peuplée l'été, elle ne désemplit pas l'hiver. Chacun des cinq quartiers possède un centre animé et plusieurs écoles. Ils sont deux mille huit cents élèves comme Aaron à reprendre le chemin de l'école ce matin. Le petit garçon a passé ses deux mois d'été ici, il a vu les touristes affluer, consommer et repartir. Mais l'ambiance sportive et sympathique est restée la même, dans cette ville.

Cela fait trois ans qu'ils ont emménagés là avec sa maman. Avant ils habitaient en région parisienne, c'était plus triste et Aaron s'ennuyait beaucoup. À Anglet il peut laisser son esprit vagabonder et se perdre dans l'infini des paysages. Il peut imaginer et dessiner tout ce qu'il voit. Sa maman est moins triste qu'à Paris même si elle travaille beaucoup. La grande banque qui l'emploie ne lui laisse que peu de répit. Mais pour Aaron la mer reste problématique.
Il a peur de se baigner et les hautes vagues que l'on trouve dans la région ne lui inspirent pas du tout confiance.

Et puis le surf ce n'est pas son truc. Ses camarades de classe en font tous. Filles comme garçons, ils en sont fans. Lui, non, sa passion c'est le dessin, les rêves et son chien.

Ce matin est un jour particulier pour Aaron, c'est celui de la rentrée. Il va apprendre plein de choses et être de nouveau au milieu d'enfants. Il appréhende un peu. Seul, lui sait pourquoi. On verra se dit-il, peut-être que cette année ils me laisseront tranquille. « Eh regarde c'est micron ! – Ouais j'ai vu, purée il a l'air encore dans la lune, il va jamais atterrir celui-là ! »

Bixente et Jon sont près d'Aaron. Lui est assis sur son banc, celui où il passe son temps de récréation, il regarde ses pieds. Les deux garçons sont plus grands et plus baraqués que lui. Ils ont les cheveux longs, blonds et ondulés. Ils ne font que surfer. Ils ont parcouru cet été le monde entier afin d'essayer de nouvelles vagues. Lui est resté là et n'a pas mis le pied dans l'eau. Les papillons dans le ventre d'Aaron se transforment en aigreurs aiguës, à chaque fois il a l'impression que son estomac va se perforer.

Ses deux camarades s'approchent « Ben alors, t'es encore pas parti, t'es resté là avec môman ? Et la mer toujours pas, mais quelle mauviette ! J'te jure ! ».

« Et ton chien comment il va ? C'est quoi déjà son nom ? Tarzan, Jane... Ah non Mowgli ! Non ; mais franchement, quel nom pourri ! Enfin ça te va bien hein ! He tu me regardes ! »

Aaron lève doucement son visage vers son bourreau. Il retient la formation de larmes dans ses yeux. Il n'en peut plus, ça recommence. Cela ne finira donc jamais. La sonnerie retentit, comme le glas libérateur du condamné. Aaron sait qu'il va encore passer une année détestable. Tout le monde le hait et le rejette, il ne comprend pas pourquoi. Il n'a rien fait pour ça. C'est du harcèlement comme on entend à la télévision.

Effectivement son cas coche toutes les cases. L'ensemble des élèves s'en prend à lui ou sont totalement passifs. Les professeurs et les éducateurs de l'école ne voient rien ou font semblant. Les élèves grandissent un peu chaque année et sont de plus en plus méchants. Il ne peut évidemment pas en parler à sa mère. Elle serait bien en peine de savoir cela et pour Aaron ce serait pire que tout. Mathilde a assez de soucis comme ça, élever seule un enfant c'est déjà bien suffisant ! Alors si en plus il cause des problèmes, ça ne va pas le faire. C'est la tête basse qu'il entre dans sa classe. La maîtresse les a placés. Il est devant, entre Eiaia et Maïka, ça va... les filles, c'est plus gentil !

Madame Carrère explique le fonctionnement de l'année, les cahiers, le programme. Elle distribue un peu de matériel. Et c'est déjà la récréation. Aaron court s'enfermer aux toilettes, l'épisode de ce matin l'a bien meurtri. Il en ressortira quand la cloche sonnera.

La maîtresse est très agitée quand les élèves retournent en classe. Apparemment, le réseau informatique de l'école a été piraté. Il semble qu'un enseignant a fait une recherche sur internet qui aura ouvert la porte à un cheval de Troie. Tout est bloqué. La maîtresse décide de lancer une activité d'Arts Visuels. Tous soupirent sauf Aaron, un doux sourire illumine enfin son visage. Cela n'échappe pas à Madame Carrère, elle adore ce petit garçon. Il est tellement différent des autres, il ne se bagarre pas, il ne dit pas de gros mots, il aime lire, écrire et dessiner. Il est parfait à ses yeux.

Le lendemain, l'arrivée en classe est tout aussi Rock'n Roll. Madame Carrère semble encore chamboulée par la piraterie informatique de la veille. Elle dit que tout cela est à cause de l'IA (l'intelligence artificielle). Comme ils sont grands, neuf ans, elle décide de leur en parler afin qu'ils soient avertis lorsqu'ils surfent sur le net. Elle a préparé un cours, des ateliers et des vidéos. Aaron est bluffé. Ce qu'il comprend c'est que l'IA c'est l'intelligence des robots ou comment faire réfléchir une machine. Elle leur parle du test de Turing[1] et elle leur dit que l'IA est surtout utilisée par l'homme pour faire effectuer des tâches complexes et répétitives ou des actes difficiles. Aaron reste suspendu à ces mots. « Tâches complexes, répétitives, actes difficiles »

---

[1] *Proposition de test d'intelligence artificielle fondée sur la faculté d'une machine à imiter la conversation humaine.*

En rentrant de l'école, il fonce sur sa tablette. Un vestige de son papa. Un grand format, adapté au dessin. 12,9 pouces, un bon logiciel et un stylet permettent à l'enfant d'exprimer sa créativité autant que bon lui semble. Mais ce soir c'est une recherche qu'il va faire.

Dans la loupe il tape « S'il vous plaît… Dessine-moi une IA. Le logiciel de dessin s'ouvre, et sur la page blanche comme écrit à la main la réponse ne se fait pas attendre. « Pourquoi ? » Alors Aaron explique, les brimades, les insultes, les moqueries. C'est répétitif, difficile, complexe. Il ne réfléchit pas comme ça. Il n'arrive pas à se défendre et à enrayer le mécanisme. Alors voilà, une IA pourrait le faire pour lui. « C'est entendu ! lui répond la machine, je vais t'aider, emmène-moi à l'école demain, il faut que j'enregistre l'environnement afin de pouvoir y répondre ». L'enfant s'endort le sourire aux lèvres cette nuit-là. Il a pris soin de protéger sa tablette et de la placer dans son cartable. Il est plein d'espoir, il sent qu'enfin le bout du tunnel n'est pas loin. Toute la journée, l'appareil enregistre ses mésaventures.

Le soir, Aaron consulte son logiciel de dessin et demande « Alors, as-tu pu fabriquer mon IA ? » « Oui, lui répond la machine, tu vas me brancher près de ton lit cette nuit et m'emmener encore demain. Tu verras dès ton entrée dans l'école tu seras prêt, les mots te viendront. » Osant à peine y croire, le garçon murmure « merci ».

Ce jour-là est un vendredi, Aaron sent le souffle de la libération dans l'air. Il se tient droit, souriant prêt à en découdre. Et c'est vrai, ça marche.

À peine le portail passé c'est Jon qui tombe dessus. Il le bouscule et manque de le faire tomber. Aaron se relève et parle haut et fort « Non, mais t'es con toi, oh tu m'pousses pas comme ça ! ça va pas non ! »

Sa voix est forte, puissante, il semble plus grand aussi. Tout le monde se retourne sur eux. Les enfants sont stupéfaits. Jon n'est pas en reste, il s'excuse et passe son chemin. « waouh ! se dit intérieurement, notre conquérant du jour ». En classe c'est Bixente qui s'en prendra à lui. « Eh Aaron le micron, t'as perdu ta langue, passe-moi des feuilles, j'en ai plus, allez plus vite ! ».

Aaron se retourne, se redresse. Il le regarde droit dans les yeux et lui colle « Mais t'en as pas marre de m'casser les c.......! T'en as pas marre de me taxer mes affaires. Mais sérieux derrière tes bouclettes y'a pas un cerveau pour penser ! Allez vas -y lâche-moi et démerde-toi ! ».

Il ajoute « Oh et puis tiens ». Il lui balance deux feuilles par terre à ses pieds, « Ramasse crevard ! ».

Bixente, Jon, Elaia, Maïka et toute la classe sont bouche bée ! La maîtresse en perd son stylo. On entend la sonnerie de la récré.

Les filles entourent Aaron et l'emmènent jouer avec elles. La bande de garçons n'insiste pas.

C'est fini leur victime a parlé, elle s'est défendue.

Elle a rompu le lien toxique. Ils savent qu'ils ne pourront plus l'embêter au risque de se ridiculiser et ça, ce serait pire que tout. Aaron est libre. Il est heureux ce matin dans la cour de récréation.

Ce soir, Elaia le raccompagnera chez lui. Ils discuteront sur le pas de sa porte. Il aura enfin une amie.

Vox machina - Sarah Auvray

Au fil des jours, les chairs s'étaient transformées en un dépôt verdâtre qui, au contact de l'air, formerait bientôt une croûte mince et friable. Quelques semaines encore, un mois tout au plus et la dépouille de la Voce se résumerait à quelques relents nauséabonds. Seuls, son nom et les enregistrements qu'elle laissait derrière elle résisteraient au travail de putréfaction, faisant accéder celle qui avait été l'une des plus grandes divas à l'éternité ou mieux encore, à l'atemporalité.

Margareth n'éprouvait ni peine ni tristesse. Pourtant, son visage n'en laissait pas moins paraître que la fin du monde était proche, voire qu'elle avait déjà eu lieu.

À la seule idée que plus aucun son ne sortirait des lèvres de la Voce et que bientôt, les maisons de disques s'empresseraient d'éditer une compile de ses plus célèbres arias – nul doute qu'elles s'y attelaient déjà – ses narines palpitèrent de dégoût.

Prise dans les fumées toxiques de sa demeure, la diva avait tournoyé en tous sens, grand échassier battant des ailes à la recherche d'oxygène autant que d'une issue de secours. Dans sa course folle, la vision déformée par la peur autant que par les flammes rougeoyantes, elle avait trébuché avant de finir brûlée vive.

Le petit crucifix qu'elle portait au cou avait tenu bon. Mais il n'avait pas protégé la trachée, les cordes vocales et tout ce qui faisait de la Voce, une cantatrice d'exception qui s'était coulée dans le brasier telle une momie dans son linceul de bandelettes.

En apprenant la nouvelle, Margareth avait compris que cette disparition transformerait bientôt sa vie, ses habitudes et jusqu'à sa façon de percevoir le monde. La Voce, c'est elle qui l'avait trouvée comme on trouve un galet en forme de cœur sur la plage. Un parmi des millions d'autres. Elle avait frissonné en entendant le timbre étonnamment clair de cette voix pourtant chaude, presque gutturale, emplie autant d'émotion que d'intelligence, car oui, le souffle de la Voce entourait ses auditeurs d'une aura sonore qui perdurait une fois le silence revenu. Par son chant, elle ne faisait pas que retranscrire vocalement des sentiments associés à des histoires légendaires ; elle révélait des secrets permettant de saisir avec aisance les mystères les plus enfouis de l'existence.

Lors de l'enterrement, au défilé des officiels avait succédé celui plus abondant des officieux. Le visage grave, le ministre de la Culture s'était tenu au premier rang, manière de lancer un message fort à temporalité protéiforme : « Je porte la culture au présent, je défends son passé et protège son futur ».

Mieux que Janus en son temps.

« Si ça se trouve, se dit Margareth, son talent n'a pas disparu. Il plane au-dessus de sa tombe, sans savoir dans quel corps s'implanter ».

La logique voulait que l'art lyrique s'enseigne et se travaille des années durant. Respirer, placer sa voix, entrer en communion avec le personnage interprété... Mais pour Margareth, la réalité de l'acquis ne démentait en rien l'importance de l'inné. Ce dernier était pareil à un programme préalablement installé dans une machine, évoluant au fur et à mesure de ses mises à jour. *Live update* !

Cette idée la ragaillardit. L'ancienne chasseuse de talents se résolut alors à étudier le problème de la mort de la Voce et à y trouver une solution comme s'il s'était agi de remplacer la pièce d'un moteur défectueux. L'idée mit quelques jours à germer.

De jour comme de nuit, *ça* travaillait en elle. Puis un soir, le déclic se fit. Visuellement, tout d'abord, avec l'apparition d'une image qui s'inscrivit dans son esprit avec toute la force d'une réminiscence. Celle d'une forme humaine à crâne d'œuf, dotée de grands yeux bleus et d'un corps au blanc laiteux légèrement satiné, un vague sourire aux lèvres. L'image d'un humanoïde.

Margareth laissa se dérouler cette fantasmagorie, persuadée que ce film mental ne dépendait en rien de sa volonté alors qu'au fil des secondes, elle en déterminait le contenu selon une réflexion de plus en plus logique et rationnelle.

Bientôt, le visage de ce robot s'imprégna des traits de la Voce au point qu'il devint impossible de les différencier.

Mais quel son faire sortir de cette machine ? Celui d'enregistrements remixés ? Non, cela ne pouvait être. La forme devait émettre un son réel, modulable, autonome.

Le lendemain, munie de son petit sac à main et de ses chaussures de marche aux lacets effrités, Margareth prit la direction de l'Ircam, décidée à interroger les chercheurs de cet Institut, spécialisés dans le domaine de l'acoustique. Sur place, elle demanda à parler « à quelqu'un » à la déconvenue de la secrétaire qui prenant Margareth pour une folle – une de plus – la dirigea vers celui qui, au sein de l'Institut, passait lui-même pour un fou.

Affairé à la fabrication d'un logiciel capable d'imiter les chants de n'importe quel oiseau, Paul Navarre tentait de cerner s'il existait des vocalises communes à chaque espèce. Il encoda une nouvelle ligne de son programme quand il perçut le bruit de pas lourds et précipités faisant penser au son qu'avaient dû produire les soldats de la Grande Guerre chaussés de leurs godillots.

L'homme discerna également des bruits de voix comme si une personne se parlait à elle-même. Ça parlait, ça bougeait jusqu'à ce qu'une main toque à la porte.

De Margareth, il ne vit d'abord que ce que le mince filet de lumière qui traversait les montagnes de livres, de dossiers et de machines en cours de réparation était en mesure de lui transmettre et qui se résumait à la vague sensation d'un corps à la silhouette élancée, mais n'en laissant pas moins paraître l'usure du temps. Trouvant enfin la force de se lever de son siège – ses 130 kilos de déception et de désarroi amoureux y étant pour beaucoup – ses yeux vitreux se plantèrent dans les pupilles au bleu acier de Margareth.

Dans une moue dubitative, Navarre écouta le récit de sa visiteuse (la première en 15 ans) sur la Voce et sa possible réincarnation en *humanoïdiva*. Le terme lui plut, le concept beaucoup moins. Il dévisagea Margareth qui, à son tour, le regarda avec insistance, aussi impressionnée par le ventre rebondi de l'ingénieur que par l'extraordinaire de la mission incombant à ce dernier. Elle comprit aussitôt qu'il était l'homme de la situation. De toute évidence, il n'avait rien à perdre.
Au pire, une machine inutile et défectueuse de plus encombrerait bientôt son bureau.

— En somme, vous voulez que je crée une IA capable de chanter aussi bien que la Voce ?
— Pas aussi bien. Il n'est pas question de comparaison. Il n'est pas non plus question de reproduire des sons. La machine doit *être* La Voce.

— Ma foi, je suppose que c'est possible. Il va me falloir des plans de configuration et mettre au point une arborescence particulière…

— Oui, fit Margareth que le jargon technique n'intéressait en rien. S'il vous plaît… dessine-moi une IA, conclut-elle sans prendre conscience qu'elle était passée au tutoiement.

L'ingénieur réfléchit, ses sourcils droit et gauche se levant au fur et à mesure que de nouvelles idées lui venaient en tête, puis il émit un rot qui signifia son accord.

Trois ans plus tard, alors que Margareth avait rejoint la Voce dans l'au-delà, c'est un en-deçà qui prit forme sur la scène de l'Opéra Garnier. Parée du costume qu'avait porté la cantatrice dans *Orphée et Eurydice* – un titre particulièrement bien choisi pour cette levée des morts – l'*humanoïdiva* avança sur scène face à des spectateurs médusés. L'interprétation de l'œuvre convainquit jusqu'aux plus sceptiques d'entre eux, ceux pour qui l'IA n'avait pas sa place dans le domaine de l'art si exclusivement humain. De concerts en représentations, l'*humanoïdiva* rebaptisé Vox machina séduisit les foules, endossant chaque soir un rôle différent sans qu'il soit nécessaire d'échauffer ou de reposer sa voix. Il suffisait d'entrer dans son programme une nouvelle partition pour en obtenir aussitôt une interprétation parfaite, emplie de bien plus d'émotion que n'en avait démontré la Callas, en son temps.

Vox machina utilisait sa propre intelligence pour appliquer des variantes en fonction du lieu de la représentation, de l'espace scénique, de la tessiture vocale de ses partenaires, de la température ambiante et de celle des spectateurs calculée en temps réel et déterminant leur taux de réceptivité.

Iphigénie, Macbeth, Carmen, Aïda, Isolde… Vox machina interpréta tous les rôles, passant du contralto au mezzo-soprano comme on change de programme télé. Elle emmagasina toutes les peines, toute la détresse, tous les tourments de ces personnages qui, pour la plupart, finissaient tués ou suicidés. Mais au fil des mois, quelque chose se transforma. Sa voix à la clarté lumineuse laissa bientôt place à une forme de raideur, de sècheresse. Sur scène comme dans les coulisses, Vox machina se tenait de plus en plus voûtée, comme abattue sous le poids des tourments pesant sur ces femmes maudites dont elle prenait la forme.

Paul Navarre se sentait impuissant. Il avait la désagréable impression que sa machine s'adonnait à une forme de MA (mélancolie artificielle) comme un enfant s'adonne à la drogue, sans offrir la moindre résistance, gros insecte velu fonçant droit sur le pare-brise d'un 15 tonnes.

L'idée lui vint alors d'inclure dans le programme de Vox machina, des opérettes légères et enjouées qui rééquilibreraient le nombre d'algorithmes en lien avec la mort et le désespoir.

Mais l'IA s'était habituée à ne voir la vie qu'en noir. Dans son esprit, seules, deux options existaient : la mort digne et rapide ou la mort lente et abjecte.

C'est la première option qu'après de savants calculs, Vox machina choisit. Les données stockées dans sa mémoire vive lui permirent de comprendre qu'en tant que diva, elle ne pouvait mourir que sur scène et qu'une mort digne siérait davantage à son personnage.

Un soir, alors que Don Pedro levait le bras pour poignarder sa Carmen, Vox machina saisit le bras du ténor et le leva suffisamment pour que le coup l'atteigne en plein cœur. Là où se trouvait son disque dur.

Incognito ergo sum - Constance Martiny Sondag

Comme tous les soirs, la pluie battante de l'averse de 19h30 résonne sur les trottoirs déserts. Elle dure exactement trente-quatre minutes. Juste le temps de nettoyer la ville, qui sera parfaitement sèche le lendemain.

Toutes lumières éteintes, Scout regarde la rue depuis son fauteuil. Soudain, un halo lumineux s'invite au milieu du salon. Un visage de femme lisse et sans âge, aux cheveux noirs et courts, apparaît.

— Bonjour Scout, je suis Ariemuse. Mon but est d'**A**ssortir **R**ationnellement et **I**déalement les **E**pouses et **M**aris pour une **U**nité **S**ociale **E**xcellente.

Scout frémit.

Je suis trop jeune pour avoir affaire à l'Intelligence Artificielle Matrimoniale du Méta Algorithme. C'est à cause de la dégradation de ma notation citoyenne ? Ou m'aurait-on déjà découvert ?

Ariemuse analyse la contraction des muscles faciaux AU1 et AU20 de Scout : la peur.

— Ne vous inquiétez pas. L'épouse qui vous a été attribuée est parfaite pour vous. Combinaisons : émotionnelle : 90 %, ADN : 91 %, sociale : 97 %.

Il serre les dents. Il sait qu'une combinaison dépassant les 85 % n'a aucune chance d'être contestée.

— Quand l'officialisation a-t-elle lieu ?

— Dans deux jours. Votre notation s'améliorera de C+ à B+, ajoute-t-elle avec un large sourire, sans bouger aucun muscle du visage.

Anticipant la question qui était posée ensuite dans 88 % des cas, Ariemuse ajoute :

— Vous aurez dans 48h un appartement plus grand. Au 38b, rue de la Résilience, 42ème étage.

Le jeune homme est effondré. Il tente de le cacher du mieux qu'il peut, de contenir ses expressions faciales. Il essaie de donner le change.

— Comment s'appelle ma future femme ? Que fait-elle ?

— Rose. Rose Pi.

Il allait s'appeler Scout Pi ?

— Vous connaissez la règle : pas d'échange avec elle avant l'officialisation, le périmètre entre vous doit être respecté.

— Pourquoi ?

Pour la première fois, Ariemuse ne répond pas immédiatement.

— À cause des homicides, dit-elle en s'éteignant, laissant le salon sombre et silencieux.

Agité, Scout tourne autour de son fauteuil. Il se fige.
Je dois partir le plus vite possible. Demain.

Il se dirige vers la cuisine d'un pas nerveux. Il sort, du dessous d'un meuble, douze masques de plasticollagène vitae, de deux millimètres d'épaisseur, permettant de recouvrir la totalité d'un visage jusqu'à l'implantation des cheveux. Des orifices pour les yeux, la bouche et les narines se créent spontanément.

Et dire que j'ai réussi à tromper la reconnaissance faciale du Méta Algorithme, pense Scout en approchant l'un d'eux de sa joue.

Le masque semble frétiller. Il en sort des milliers de minuscules tentacules qui se tendent pour rejoindre le visage de Scout.

La bio-adhérence... Mais il s'écarte. Le temps presse.

Je prendrai le train pour rejoindre la ferme d'oncle Arvi. À la campagne, pas de caméra, pas de reconnaissance faciale. Je serai difficile à retrouver... Je pars demain...

—... par le train de 16h, Téo.

— Par tous les pixels ! s'exclame Téo en se levant d'un tabouret haut de sa cuisine. Tu ne veux pas essayer de rallier ton épouse à notre cause ? Tu étais si près du but ! Tes masques sont presque prêts.

Scout regarde son meilleur ami. Téo Crents. Le seul à encore employer des expressions de 2060.

— Trop risqué. Je suis C+, je n'ai plus le droit à l'erreur. Si elle me dénonce, je passe en E… Et là, je ne te fais pas un dessin…

— Fichier ! s'écrie Téo. Qui me fournira les masques anti Reco.fa pour déjouer les drones de nano-pluie et les caméras de surveillance ? Je comptais sur toi…

— Je t'ai apporté dix masques, Téo. Ils sont préprogrammés en open, tu codes ce que tu veux en utilisant un cryptonuméro de la base Underdark.

Téo s'approche de Scout. Il demande, doucement :

— Qui viendra refaire le Méta Algorithme avec moi ?

Scout sent les larmes lui monter aux yeux. Il serre Téo dans ses bras.

— C'est toi qui es vieux jeu, Tête de Mégaoctet, on ne se touche plus depuis la pandémie de 2065 ! plaisante Téo. Alors tu pars pour de bon ?

— Je reviendrai Téo. Dès que j'aurai mis au point le masque à IA qui trompera durablement le Méta Algorithme.

— Et je serai là, à tenter de changer le système de l'intérieur. Tiens, j'ai quelque chose pour toi, Tête d'Écran.

Téo donne à Scout une chose oblongue et noire. Perplexe, Scout le tourne et le retourne sans parvenir à trouver l'uniconnecteur.

— Ça se connecte uniquement par onde 15G ?

Téo s'esclaffe.

Scout fronce les sourcils. Il appuie sur le bouton gris. L'objet se propulse vers le sol avec un bruit mat.

— Un parapluie ! s'écrie Scout. Où l'as-tu trouvé ? C'est...

—... interdit, je sais. Mais c'est la meilleure protection contre les drones de nano-pluie.

— Merci Téo.

— Allez, fais attention à toi... Et donne-moi de tes nouvelles, Tête de RAM. Via le canal 3021BF d'Underdark. Mon pseudo c'est incognito_ergo_sum.

Alors que le jeune homme se dirige vers la gare, une alarme retentit :

— Attention Scout Irié ! Zone rouge de votre future épouse !

Un plan hologrammique s'affiche devant lui : Scout a pénétré dans le cercle rouge dont le centre est le lieu de sa promise. Il recule de quelques pas. L'alarme s'arrête.

Il saisit un masque, l'approche de son visage. Celui-ci s'y colle instantanément en frémissant. Froid, légèrement gluant, il se réchauffe vite au contact de la peau. Scout est méconnaissable.

Il reprend son chemin, sans être inquiété. Il passe par un parc d'arbres en plastique biodégradable, avec réserve d'oxygène libérée par intermittence. Cela lui donne froid dans le dos.

En passant devant une école, Scout entend un enfant :

— S'il vous plaît… dessine-moi une IA.

Scout lève les yeux au ciel.

Les enfants. Une femme.

Une femme. Un point dans un cercle rouge.

Le plan revient à la mémoire de Scout. Il s'arrête, abasourdi.

Mais que fait-elle au Big Data Center ?

Scout bifurque, prend le trottoir roulant pour y aller au plus vite. En trois minutes, il est devant son lieu de travail.

Avec un scan par seize caméras à l'entrée, un hacker de l'extérieur n'a aucune chance de pénétrer dans le siège principal des serveurs du Méta Algorithme. Scout a codé son masque en conséquence.

Il passe l'immense hall vitré, presque vide, car on est samedimanche. Le seul jour de repos de la semaine, les employés travaillent depuis leur domicile.

Un ascenseur l'emmène au 82ème et dernier étage. Le plan hologrammique lui indique que Rose se trouve plus haut.

Mais il n'y a rien au-dessus !

Scout fonce vers la sortie de secours, monte deux à deux les escaliers.

Stupéfait, il découvre sur le toit de l'immeuble de vrais arbres à perte de vue, des herbes hautes, des plantes avec des fleurs inconnues.

Scout voit le dos d'une jeune femme frêle comme une brindille, accoudée à la balustrade et perdue dans ses pensées. Sa longue masse chevelue rousse ondule dans le vide.

Et maintenant ?

Elle se retourne et plante tout droit ses yeux dans ceux de Scout. Rose a un nez blanc retroussé, un air buté, des yeux francs bleu pervenche. Mille graines semblent avoir été semées sur son visage.

— Bonjour Scout, je suis Rose. Je t'attendais.

— Comment savais-tu que j'allais venir ? demande Scout, méfiant.

Comme Rose l'aurait fait avec un buisson trop envahissant, elle élague sa question.

— Tu vois ce grand arbre là-bas ? C'est Piroes, un noyer d'Amérique, un vrai, pas un nano arbre.

Et si c'était un piège ?

— Son enracinement est particulier, de type pivotant, c'est-à-dire vertical et très profond, jusqu'à sept mètres, avec de nombreuses racines secondaires.

Scout n'est pas passionné par la botanique. Il se demande où la jeune fille veut en venir et reste sur le qui-vive. Mais Rose l'irrigue de ses connaissances et de son enthousiasme vivace.

— J'ai couplé ses racines, dotées d'uniconnecteurs, à l'Intelligence émotionnelle collective de tous les végétaux et humains de ce jardin et à un amplificateur de dureté du bois, qui rend ses racines capables de percer n'importe quelle surface.

Scout décèle de l'inquiétude derrière l'exaltation. Oscillant entre entrain et défiance, il écoute attentivement.

— Piroes est situé juste au-dessus de la salle des serveurs. Il se connecte au serveur central du Méta Algorithme.

Brillant ! Elle veut l'infiltrer !

— En lui transmettant un virus ? demande-t-il, retenant son souffle.

 ADELI– concours de nouvelles 2022

— Pas n'importe quel virus ! Le croisement d'un virus informatique et d'un virus biologique, le *Xanthomonas*. Il changera les objectifs du Méta Algorithme. Liberté, respect de l'homme et de la nature remplaceront contrôle, méfiance, court terme.

C'est trop beau pour être vrai ! Ça dépasse le meilleur plan de Téo ! Mais si elle était de leur côté ?

— Comment ce laboratoire à ciel ouvert peut-il exister ? questionne Scout.

— Le Méta Algorithme m'a embauchée pour créer ce centre de recherche secret sur les virus techno-sylvestres, ma spécialité. Mais comme beaucoup d'entre nous, je me suis retournée contre lui, car j'ai peur de la direction qu'il prend en auto-apprenant.

Il est sous le charme.

— C'est toi qui m'as fait venir ici ?

Rose acquiesce avec un sourire doux et lumineux, qui lève tous les doutes de Scout.

Subitement, Rose entend un vrombissement suivi d'un souffle d'air.

— Oh non ! Un drone ! Je suis passée E hier, il vient pour moi ! Écarte-toi ! crie-t-elle en poussant précipitamment Scout.

Scout se saisit du parapluie de Téo, l'ouvre, bondit pour protéger Rose. Trop tard !

Le drone a aspergé Rose de nano pluie. Ses yeux sont tristes et déjà elle ne peut plus parler. Elle semble pleurer de tout son corps.

Alors qu'il rêve de la prendre dans ses bras, de l'accompagner dans ses derniers instants, Scout se retient. Il sait qu'il doit attendre. Il reste là, impuissant et inutile, le parapluie à la main, à regarder un début d'amour se changer en fin.

Sa mission accomplie, le drone repart. Scout laisse éclater un long cri de désespoir.

Il se jette aux pieds de Rose. Elle est devenue un magnifique rosier, avec des roses couleurs de feu. Il sanglote. Il sent la caresse des pétales sur sa joue.

Je suis encore là, chuchote la rose.

Note de l'auteur :

Le nom complet de chaque personnage cache une anagramme indiquant sa voie.

La boîte de Pandore - Jean-Louis Ermine

Cyril s'arrêta devant la devanture du magasin *Game Paradise*. Il connaissait bien cette échoppe, où il se rendait régulièrement, en tant que fanatique des jeux vidéo. Il aimait ce bâtiment massif du 19e siècle, dont la façade de pierre de trois étages alignait ses balcons et ses fenêtres face à l'église Saint-Paul, comme un paradis artificiel vis-à-vis d'un temple spirituel !

L'entrée était une arche voûtée, dont il poussa la lourde porte vitrée. La salle intérieure était grande et le regard était d'abord attiré par les figurines de jeux célèbres, humains, animaux, monstres et autres personnages mythiques, qui étaient disposées dans des endroits légèrement éclairés aménagés dans les murs de pierre. On avait l'impression de rentrer ainsi dans le monde imaginaire du jeu, avant de découvrir les étagères gorgées de cassettes et de consoles qui remplissaient la salle.

Cyril s'approcha du comptoir de vente, immense espace qui ressemblait à une salle de jeux d'arcade, où se tenait Maxime, le propriétaire et l'ami de Cyril, encadré de deux flippers des années 60, délicieusement surannés.

— Bonjour Maxime.

— Hey Cyril, ça fait longtemps qu'on ne t'a pas vu.

— Trop occupé, comme d'habitude.

— Tu joues trop ?

— Pas que... Mais c'est vrai que j'y passe du temps, trop peut-être.

— Tant que tu n'es pas addict...

— Je fais attention.

— Bon, comme je suis ton dealer, je vais te proposer une nouvelle drogue !

— C'est quoi ?

— Tu connais Pandora ?

— Tout le monde connaît, on ne parle que de ça. Ça a l'air d'être une entreprise géniale, pleine de nouvelles idées, d'innovations. En tout cas, leur campagne marketing est top. On a vraiment envie de leur acheter leur jeu. Alors, il est sorti ?

— Justement, il est là, dit Maxime, avec une emphase exagérée en pointant du doigt une grande table d'exposition, dressée de panneaux en carton, ornés de personnages et de décors aux couleurs incroyables, des miniatures peintes en polystyrène et au milieu, le jeu ainsi mis en valeur.

Cyril et Maxime s'approchèrent.

— Tu l'as essayé ? s'enquit Cyril.

— J'ai juste commencé. Il paraît que c'est une longue initiation avant de complètement maîtriser le jeu. Tu as intérêt à avoir un ordinateur haut de gamme !

— On joue connectés ?

— Oui, mais pas seulement avec d'autres joueurs. D'ailleurs, tu peux jouer tout seul, uniquement avec des joueurs artificiels du système.

— C'est ça leur innovation. On te crée des joueurs pour toi tout seul et tu sens bien qu'ils sont à ta mesure, digne de toi, en quelque sorte ! Tu es un peu comme le Petit Prince de Saint-Exupéry qui aurait demandé « S'il vous plaît… dessine-moi une IA (Intelligence artificielle) »

— Il n'y a pas que ça.

Maxime prit un air mystérieux et continua comme s'il faisait une confidence à Cyril.

— Ce jeu te crée aussi un univers pour toi, qui répond à tes fantasmes, tes rêves. Le monde dans lequel tu évolues n'est semblable à aucun autre monde d'aucun autre joueur.

— Tu en es sûr ? Ça paraît impossible.

— Tu sais, on a fait des progrès fulgurants dans les mondes virtuels. Si une Intelligence artificielle peut avoir accès à ta manière de jouer, c'est possible. Si tu mets le casque de réalité virtuelle qui est fourni, en croisant leur propre base de connaissances avec les données sur toi qu'ils engrangent, tout est possible.

— Mais c'est protégé ?

— En tout cas, ils le garantissent, tout ça reste entre toi et le jeu. Personne n'y a accès.

— Super, j'ai hâte d'essayer. Eh bien, qu'est-ce ça donne ?

— Je viens de le recevoir, alors j'ai juste commencé.

— C'est quoi le principe ?

— Tu dois explorer un monde à la recherche d'une boîte qui contient le secret ultime de l'univers.

— Wouaouh ! La quête du Graal, si je comprends bien.

— En tout cas, le début a été vraiment accrocheur.

— Et c'est quoi les règles de base ?

— Justement, il n'y en a pas.

— Quoi ?

— Tout s'adapte à ce que tu fais, les modes d'action, les règles et plein d'autres choses dépendent de la manière dont tu as fait ton chemin. C'est très initiatique comme jeu.

— Je veux bien le croire. Allez, fais-moi un colis, je vais l'essayer, tout de suite.

— Surtout, ne tombe pas dans le panneau. Réserve-toi des moments pour faire autre chose, car ça va te prendre du temps avant de trouver la boîte ! J'aimerais bien avoir des retours de ceux qui vont me l'acheter, ça va être plutôt étrange.

— Pourquoi étrange ? En tout cas, tu vas avoir de mes nouvelles régulièrement. Je passerai t'en dire deux mots.

Maxime emballa le pack de jeu et encaissa la somme non-négligeable que lui paya Cyril. Ils se dirent au revoir et Maxime lui souhaita bonne chance et bon jeu.

Quand Cyril sortit dans la rue, il fut surpris par l'imposante architecture de l'église Saint-Paul qui lui faisait face. Il n'avait jamais ressenti cette impression auparavant. Il serra son paquet sous son bras, il se sentait très agité et impatient. Il savait qu'il avait maintenant de longs moments extraordinaires à vivre.

Cyril esquissa un sourire. Il arrivait au bout de Pandora. Il voyait enfin l'issue de ce jeu virtuel labyrinthique et addictif qui devait l'amener vers la révélation finale. Cela faisait des mois qu'il voyageait dans ce monde et il y avait sacrifié des jours et des nuits. Et il était maintenant dans la salle ultime. Ses yeux, usés par l'écran, lui faisaient mal et il voulut s'octroyer une pause. Mais il était trop excité et ne pouvait s'arrêter.

Comparée à l'ensemble du jeu, où les concepteurs avaient déployé des trésors d'imagination et avaient témoigné de goûts artistiques foisonnants et variés, cette dernière salle était plutôt austère. Elle était d'inspiration antique, comme un temple grec d'avant notre ère.

C'était une vaste salle dont les quatre murs étaient dressés de colonnes massives, surmontées d'une frise décorée de couleurs vives : bleu, vert, rouge et blanc, avec un plafond irrégulier évoquant la voûte céleste nocturne. Il n'y avait rien dans ce temple, sinon un monumental autel, ceint de hautes marches, sur lequel reposait une table de pierre. Cyril s'approcha et grimpa les marches. Sur la table, il y avait une boîte toute simple, légèrement luminescente. Il sut que c'était là que reposait le dernier secret.

La boîte était magnifique. C'était un cube parfait, une chryséléphantine majestueuse, avec des plaques d'ivoire et d'or assemblées sur une armature en bois. La révélation qu'elle contenait, clef de tout le parcours de jeu, devait être grandiose. Cyril s'approcha et zooma sur l'objet.

La boîte semblait hermétiquement close, aucune ouverture possible n'apparaissait sur ses différentes surfaces. Il la prit entre ses mains, la souleva, mais aussitôt, un brouillard enveloppa la boîte, comme surgie de nulle part. Dans un réflexe de peur, il laissa échapper l'objet. Le concepteur avait dû prévoir cette réaction, car un algorithme adéquat ramena doucement la boîte à sa position initiale. Le nuage brumeux s'épaissit petit à petit, se déforma et peu à peu, prit une forme humaine. Il se matérialisa en une jeune femme, attirante et mystérieuse.

Quand le morphing s'acheva, sous le regard ébahi et admiratif de Cyril, l'apparition se redressa et s'adressa à lui, tout en le gratifiant d'un splendide sourire.

— Bonjour Cyril. Comme je suis heureuse de vous voir ici.

Abasourdi, Cyril se demanda comment elle connaissait son prénom ! La belle continua.

— Je me nomme Cheryl et je vais vous guider dans la dernière étape du jeu. Vous voulez ouvrir la boîte, n'est-ce pas ?

Elle s'arrêta et eut une expression ambiguë en regardant Cyril. Même si celui-ci savait que c'était de la simulation numérique, il en fut troublé.

— Il n'y a pas d'ouverture physique. La boîte ne peut s'ouvrir et livrer son secret que si l'on actionne un code d'ouverture. Vous pouvez le taper sur votre clavier, mais il faut d'abord le trouver.

Elle fit une pause qui agaça Cyril.

— Le code est un nombre qu'il vous faut deviner. Il répond à l'énigme suivante, que jusqu'ici personne n'a pu résoudre. Écoutez bien : *c'est le dernier nombre qui s'inverse en miroir, avant le premier nombre qui ne s'inverse pas en miroir.*

Cyril n'avait pas compris l'énigme, mais Cheryl la répéta régulièrement, si bien qu'il finit par la connaître par cœur. Il eut l'impression d'être comme devant un sphinx, prêt à être dévoré. Il commença à paniquer. Cheryl arrêta de répéter l'énigme, pour prononcer à l'envi une phrase tout aussi sibylline.

— Regarde qui je suis, regarde qui tu es !

Au bout d'un certain temps, elle disparut brusquement.

Cyril était désarçonné et pensa d'abord ne jamais pouvoir résoudre l'énigme. Mais il se reprit et réfléchit prestement. On parlait de nombres et lui-même était un fanatique absolu de la théorie des nombres. Il connaissait presque toutes les bizarreries que les mathématiciens avaient découvertes sur les nombres depuis des siècles (comment Cheryl pouvait-elle le savoir en disant « Regarde qui tu es » ?). Il comprit tout de suite qu'un nombre qui s'inverse en miroir est un nombre dit « palindrome », comme 121, 134431, etc., qui se lit indifféremment de droite à gauche ou de gauche à droite.

« Regarde qui je suis ». Cyril comprit là aussi très rapidement. Le nom « Cheryl » était relié à sa quasi-anagramme « Lychrel », nom donné, par un mathématicien – dont la fiancée s'appelait Cheryl – à des nombres qui ont des propriétés de renversement en miroir.

En effet, tous les nombres ont une propriété étonnante.

Par exemple 126 : si on renverse ce nombre, on obtient 621, si on ajoute 126 à 621, on obtient 747 qui est un nombre palindrome. Cela fonctionne pour tous les nombres avec un nombre d'opérations de renversement et d'addition plus ou moins grand. Cyril s'était beaucoup amusé avec ses amis, qui découvraient ébahis cette propriété incroyable sur tout nombre choisi au hasard. Tout nombre, sauf quelques-uns qu'on appelle justement des nombres de Lychrel. Cyril avait bien étudié ce mystère mathématique qui n'était pas encore résolu de nos jours. Et il se trouvait que l'énigme qui devait terminer le jeu Pandora portait là-dessus. Comme si cette énigme avait été écrite pour lui. Il connaissait le premier nombre de Lychrel qui ne possédait pas la propriété voulue : 196. Donc le nombre précédent, 195, fournissait la solution de l'énigme. Il effectua rapidement les renversements et additions et au bout de quatre fois, il obtint le nombre palindrome 9339. C'était le nombre qui allait lui permettre de terminer le jeu, en ouvrant la boîte qui allait révéler l'ultime secret !

Avec une fébrilité incontrôlée, il tapa ce nombre sur le clavier.

Aussitôt, il comprit qu'il avait gagné. La boîte devint de plus en plus lumineuse, un trait de découpe apparut comme si un couvercle se formait. La boîte allait s'ouvrir. Effectivement, le couvercle se souleva, jusqu'à faire un angle droit avec la boîte.

Cyril sentit son cœur battre à tout rompre et regarda l'intérieur avec une curiosité qu'il n'aurait jamais cru pouvoir être aussi intense.

Il ne vit rien. La boîte était vide. Il ne voyait qu'un intérieur noir, aveugle. Puis soudain, un éclair blanc jaillit de la boîte, fulgurant, éclatant. C'était tellement puissant qu'il dut fermer les yeux. Quand il les rouvrit, l'écran de son ordinateur était éteint, noir comme la mort. Il arracha son casque, pianota fiévreusement sur son clavier. Mais la machine semblait déconnectée. Il essaya plusieurs fois de la relancer, en vain.

Il entendit, provenant de son appartement, plusieurs claquements secs. Il se leva, sortit de son bureau. Les volets électriques des différentes pièces achevaient de se baisser. Il se rua sur la commande de l'un d'eux, mais celle-ci était devenue inopérante. Paniqué, il alla dans la salle de bain, la seule qui possédait une fenêtre sans volets. Il vit que la nuit était tombée au-dehors, très sombre et très angoissante. La fenêtre était, bien sûr, trop étroite pour permettre un passage d'homme. Il se précipita vers la porte d'entrée et au moment où il l'atteignit, il entendit le bruit de la serrure qui se fermait. Il essaya de la déverrouiller, mais le mécanisme ne fonctionnait plus.

De plus en plus effrayé, Cyril ne comprenait plus rien.

Il essaya de réfléchir. Il pensa à un outil pour débloquer la porte, mais le seul tournevis qu'il trouva se cassa presque aussitôt quand il attaqua la serrure.

Sa respiration devint saccadée, l'angoisse montait en lui. Il se dirigea vers une fenêtre qu'il ouvrit. Se saisissant d'une chaise, il commença à marteler le volet pour le briser. Il savait que c'était inutile, car c'était un volet anti-effraction et il aurait fallu un tout autre appareillage pour le forcer. Il s'affala sur le sol et se mit à sangloter.

Soudain, il entendit retentir la sonnette de la porte. Surpris, il ne sut pas quoi en penser. Qui pouvait bien sonner à cet instant précis ? Il alla vers l'entrée, la sonnette se faisait insistante.

— Qui est là ? cria-t-il, sans pouvoir se contrôler.

— C'est la société Pandora, il est arrivé quelque chose avec votre jeu. Ouvrez-nous.

— Je ne peux pas, la serrure s'est bloquée toute seule.

— Nous autorisez-vous à ouvrir par nous-mêmes ?

— Si vous le pouvez, bien sûr, faites vite !

Il y eut un déclic et la porte s'ouvrit lentement. Un homme, grand et bien habillé, assez âgé, apparut.

Derrière lui, le couloir était très sombre, plongé dans les ténèbres. Il regarda Cyril avec compassion.

— Excusez-nous, monsieur, nous avons détecté un problème pendant que vous étiez en train de jouer à notre jeu. Nous sommes venus aussi vite que possible, vous courez un grand danger !

— Mais que s'est-il passé ?

— Vous n'auriez pas dû découvrir l'énigme. Le jeu n'est pas conçu comme ça. Nous ne savons pas ce que le logiciel a vraiment fait, mais il s'est adressé à vous comme s'il vous connaissait et vous a donné une énigme personnalisée, que vous étiez susceptible de résoudre. C'est un bug, ce n'est pas normal. Ceci a entraîné de nombreux dysfonctionnements dans votre environnement.

— Mais pourquoi autour de moi, pourquoi chez moi, ce n'est qu'un programme informatique ?

— C'est justement ça le problème.

— Mais que voulez-vous dire ? Si...

Il n'acheva pas sa phrase. La personne devant lui commença à devenir blême, elle eut des gestes désordonnés. Petit à petit, elle se mit à se déformer et se désagréger. Cyril comprit instantanément qu'il était face à un avatar numérique. Effaré, il vit son interlocuteur disparaître.

Devant lui, il voyait maintenant non pas un couloir obscur, mais une surface entièrement noire.

Il comprit trop tard. Il n'eut pas le temps de refermer la porte et il traversa l'écran noir, happé par le flux numérique qui l'attira irrémédiablement.

Remerciements

Les membres du jury :
Françoise Camus
Alain Coulon
Hélène Goffart
Jean Pelletier
Véronique Pelletier

remercient chaleureusement
les talentueux auteurs
des 59 nouvelles reçues,
lues avec plaisir et intérêt.

Les règles du concours les ont contraints à ne publier que les
16 nouvelles réunies dans ce recueil.